La Mort dans les Cromlechs

Micheline Cumant

LA MORT DANS LES CROMLECHS

Une Enquête du Superintendent Rockwell

2016 Micheline Cumant
Edition : BoD – Books on Demand
12/14 rond-point des Champs Elysées, 75008 Paris
Imprimé par Books on Demand GmbH, Norderstedt, Allemagne
Dépôt légal : Août 2016
ISBN : 9782322112258

À la mémoire de F.P.B.

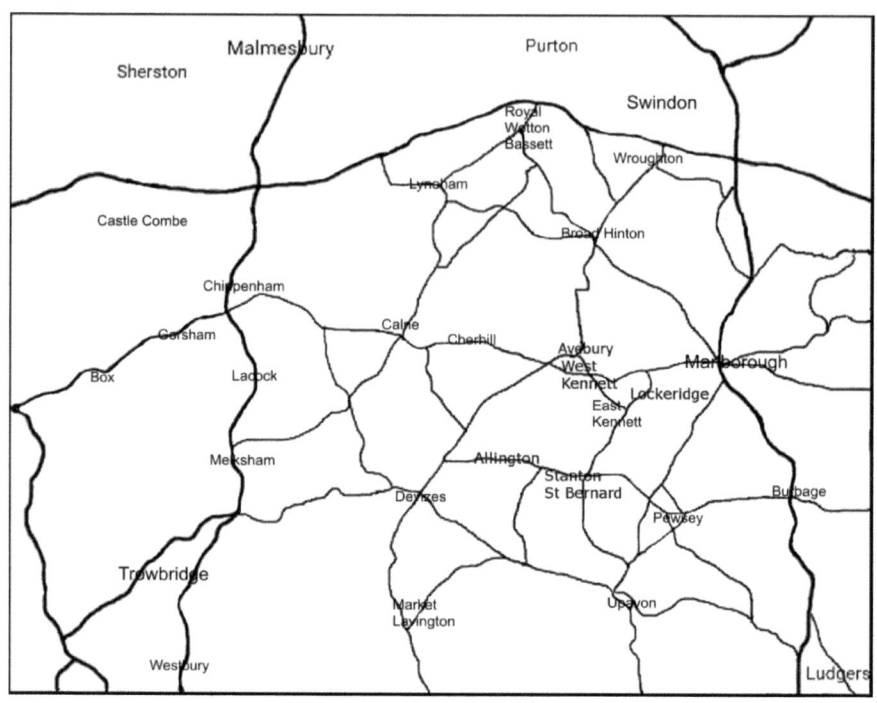

Carte de la région du Wiltshire

PROLOGUE :
Adagio Maestoso

I.

C'était le *reflet* d'un nouveau-né.

Il avait seulement quelques heures de vie. Le cordon ombilical portait encore une ligature, mais du pus commençait à se former. À l'exception du sac poubelle maculé de sang et de glaires, c'était son image *inversée*, reproduite par-delà le temps et l'espace qu'il retrouvait dans ce fichu môme qui remuait encore. Pas de chance, ç'aurait pu être un dur à cuire, celui-là ! Comme ça, sans rien, nu dans un sac poubelle, il avait encore un souffle de vie. L'autre avait eu des langes, sûrement en dentelles. Et après ? Cela ne l'avait pas empêché de souffrir.

Il fallait que ce reflet disparaisse, personne ne devait savoir. Non, personne n'avait à connaître ses tourments, il ne fallait pas que ce tas de chair tout près de se décomposer — un petit souffle en moins — que cet enfant lui rappelle, rappelle aux autres ce qui s'était passé.

La masse sombre, tremblant peut-être de quelque appréhension, se rapprocha de l'enfant. Un instant, il faillit le laisser, s'en éloigner, ne rien chercher à savoir. Mais il était le prédateur qui *devait* accomplir son œuvre. Les mains serrèrent la tête aux os encore mous, effaçant plutôt que détruisant cette présence qui était une quantité négligeable, un tas de chair sans passé ni présent, qui ne ressentait plus les cahots de la voiture ni l'obscurité du coffre où on l'avait jeté comme un détritus. Il ne sentit pas le couteau le percer, le prédateur agissait mécaniquement, méthodiquement, comme si ces gestes macabres faisaient partie d'une routine. Cet être n'avait pas le droit d'exister, il n'avait *jamais* existé.

II.

Une pluie chaude et molle de fin d'août baignait les environs d'Avebury, ne parvenant pas à masquer la nonchalance des grands mégalithes qui paraissaient laper l'eau, la détacher du ciel pour y puiser une force inconnue concentrée au centre du cromlech[1]. En contrebas des pierres et des dolmens, une carrière désaffectée s'enfonçait dans le sol, nappée de mousse fuligineuse. Des racines affleuraient sur les entailles de l'ancienne exploitation, dont les broussailles en surplomb d'une nappe d'eau évoquant vaguement un étang s'entouraient d'un morne chatoiement de gouttelettes.

Le cadavre du nouveau-né avait été posé entre trois racines qui formaient comme un triangle. Une tige de bois traversait sa poitrine, le clouant au sol, ses intestins étaient disposés géométriquement autour de lui. En levant les yeux, on pouvait voir un menhir qui marquait le lieu de son ombre.

— Tout pour faire croire à une sorte de crime rituel, lâcha l'inspecteur Waynes, venu constater le drame.

---

[1] Un cromlech est un alignement de mégalithes, blocs de pierre rangés en formant un cercle ou des cercles imbriqués. Les plus célèbres sont ceux de *Stonehenge* et celui d'*Avebury,* dans le Wiltshire. Ils ont été érigés à partir de 2800 avant Jésus-Christ, donc à l'époque néolithique.

Un des agents s'était éloigné, ne pouvant retenir une nausée, enviant le sang-froid de son supérieur. Le docteur Flynn opina avec une moue de dégoût.

— L'autopsie ne nous apprendra pas grand-chose, dit-il. Je ferai faire un test d'ADN, mais enfin...

Il se sentait découragé d'avance.

— Faites ce qu'il y a à faire, dit Waynes sentencieusement. Il le faut bien...

Lui aussi retenait son dégoût, gardant un masque flegmatique. Mais, au fond de lui-même, il se sentait outré, comme personnellement agressé. Jamais il n'avait vu une telle abomination. « Si je tenais le salaud qui... » Murmura-t-il. Puis il s'adressa au légiste, la routine reprenant le pas sur les impressions personnelles :

— Pouvez-vous déjà situer l'heure de la mort ?

— Vers minuit, je pense. Pour plus de précisions, attendez mon rapport.

Le médecin avait envie d'être désagréable avec ce policier lourdaud, toujours impassible et inflexible sur « le règlement ». Il quitta les lieux sans ajouter un mot. Waynes regarda le 4x4 s'éloigner en faisant gicler de la terre humide, ornières vite parcourues de petits bras d'eau boueuse. Une ambulance de la morgue arrivait. L'inspecteur se tourna vers son second, Amy Brandon :

— Laissez faire les infirmiers. Nous ne sommes plus utiles à rien, ici. Pas le moindre indice. Dans ce marécage, d'ailleurs, le contraire eût été surprenant...

— Mais enfin, chef, intervint la jeune policière qui était parvenue à réfréner son envie de vomir, qui pouvait avoir intérêt à massacrer ce gosse de cette manière ? C'est incompréhensible.

— À première vue, personne. Si ce n'est le père ou la mère. Mais alors, toute cette morbide mise en scène n'a guère de raison d'être, sauf pour nous égarer.

— À moins que l'assassin ne soit un fou.

— Ou que la personnalité de sa victime lui soit indifférente. Et, dans ce cas, Brandon, le meurtrier tue pour faire peur, dans le but de créer la panique, de démoraliser les gens, ou de les dresser les uns contre les autres. Le meurtre de cet enfant, dans ce lieu chargé de symboles, ne va pas laisser la population du Wiltshire indifférente. Je crains que l'atmosphère ne devienne vite irrespirable.

— C'est diabolique !

— Qui vous dit que nous n'avons pas affaire à un démon ? »

Les deux policiers avaient rejoint leur voiture de fonction. Tant d'idées se bousculaient dans leurs têtes qu'ils ne pouvaient ni l'un ni l'autre en suivre une, et autant l'inspecteur chevronné que la jeune policière fraîche émoulue de l'école se sentaient semblables à des navires venant d'affronter un orage et ne sachant plus manœuvrer dans les eaux calmes d'un havre. Face à un acte de folie, ils se trouvaient ridiculement fragiles.

III.

Le légiste roula à vive allure durant quelques miles sur la route de Wroughton, puis arrêta sa voiture sur un terre-plein. Il venait d'avoir une rapide et légère nausée. Ce devait être l'image de l'enfant torturé... Mais enfin, il en avait vu d'autres ! Ce n'était pas le premier cadavre qui se présentait à lui dans un état propre à donner un malaise aux gens qui ne sont pas du métier. Pourquoi celui-là ? Peut-être s'agissait-il d'une brève réminiscence incompréhensible, le souvenir d'un visage, d'un tout petit visage... mais un visage encore vivant, alors...

Il se morigéna. Peut-être avait-il vu trop de saloperies au cours de sa carrière, ce devait être ça, peut-être arrive-t-il un moment où l'on sature, où l'on ne peut plus traiter avec une froideur professionnelle ces visions d'accidents ou de massacres. Fébrilement, il ouvrit la boîte à gants et en sortit une petite boîte métallique. Il y préleva un cachet blanc qu'il avala d'un coup, puis ouvrit une petite bouteille d'eau et en avala une gorgée. Il soupira et prit une autre boîte dont il considéra l'étiquette. Est-ce qu'une gélule de « Prozac » — la « pilule du bonheur », ainsi que le disent certains imbéciles — l'aiderait à surmonter cette fichue épreuve ? Ce ne serait jamais que la seconde de la journée, mais il s'y accoutumait. La gélule rejoignit le cachet dans son estomac. Une gorgée d'eau, et attendons que l'effet bénéfique se fasse. Le médecin se sentait dans un drôle d'état. Il renversa la tête en arrière.

Le docteur Flynn sortit de sa voiture dont il considéra le bleu sombre, apaisant, il passa le doigt sur ce qui lui semblait une éraflure et qui n'était qu'une tache de boue, il se dit qu'il faudrait quand même la faire laver, elle était vraiment marron par endroits. Il s'éloigna quelques instants puis, quand il revint à la réalité, il sentit que son visage reprenait son aspect habituel, revêtait ce mélange d'impassibilité et de gaieté qui en était la marque alternée. Son esprit lui parut merveilleusement clair, objectif. Il remit la clé sur le contact et démarra en faisant crisser le gravier sous les pneus. Direction Swindon. Le sale boulot allait bientôt commencer.

LIVRE PREMIER :

Andantino espressivo

I.

Deux fois par semaine, le mardi et le vendredi, Carolyn Mac Stroud se rendait dans le centre de Swindon. Par tous les temps, on voyait sa silhouette élancée arpenter les rues commerçantes de la ville, procéder à divers achats. Il s'agissait d'une habitude prise après le suicide de son mari lorsque, les premiers moments de désarroi passés, elle avait pris conscience qu'il lui fallait impérativement se montrer, surmonter sa souffrance et le dégoût engendré par l'attitude de nombre de ses concitoyens. Bien que le suicide ait été établi de manière formelle, il y avait eu des scènes qu'elle tentait d'enterrer au plus profond d'elle—même sans jamais y parvenir totalement : des rendez-vous remis de jour en jour, des invitations annulées sous de vagues prétextes, des personnes, amies de jadis, qui n'avaient plus le temps ni l'opportunité de franchir le portail de sa trop grande maison... Et surtout, ces regards qui fuyaient, veules, ces lèvres qui frémissaient, comme désireuses de laisser échapper des sous-entendus, des allusions à la bonne santé d'Edward, à sa fortune, à son épicurisme. Ajoutées au drame, ces rumeurs acrimonieuses auraient pu éteindre la flamme qui éclairait encore par à-coups le décor noir où elle se mouvait alors.

Il n'en avait rien été. Au contraire, elle s'était décidée à faire front le jour où on lui avait rapporté que son époux s'était tué parce qu'elle ne pouvait avoir d'enfant. Comme si cela avait eu de l'importance ! Bien sûr, ils auraient aimé choyer, élever des gamins, leur transmettre leur savoir et leur patrimoine. Bien sûr, ils avaient eu une période de dépression quand le verdict était tombé. Ils avaient un moment pensé à l'adoption, malgré les avis de membres de la famille, « on ne sait pas d'où ils sortent »... Mais leur bonheur s'était vite accoutumé à cette absence, en avait même été renforcé, en une sorte de complicité qui permettait de faire front devant les on-dit, exprimés ou non.

Ils s'étaient alors suffi à eux-mêmes, claquemurés dans le bel égoïsme d'une tour d'ivoire que rien ne paraissait pouvoir atteindre. Pourtant, sans raison apparente, Edward, un matin de juillet, s'était tiré une balle dans le crâne. Sur son bureau chippendale, il avait disposé trois lettres : une pour Carolyn, une pour son notaire, une pour sa sœur. Il avait si méticuleusement préparé sa mort que Carolyn songeait parfois qu'il s'était suicidé parce que sa vie ressemblait à une belle route dégagée, toute droite et monotone, sur laquelle il se sentait vieillir — il était nettement plus âgé qu'elle —, comme une vieille voiture qui ralentissait de plus en plus, voyant se dérouler un film qui montrait en boucle les mêmes images jour après jour. Peut-être s'était-elle voulue trop parfaite épouse, gommant toutes les aspérités de leur existence commune.

Et c'était bien là le seul tort qu'elle se reprochât vraiment, étant consciente que le destin avait voulu qu'ils partageassent les mêmes goûts, les mêmes élans. Elle seule savait combien une telle osmose pouvait devenir pesante, et, huit ans après ce deuil brutal, Carolyn fuyait d'instinct tous les gens dont elle pressentait qu'ils eussent pu avoir plusieurs points communs avec elle, ne tolérant dans ses relations, à une ou deux exceptions près, que ceux qu'un fossé infranchissable séparait de sa personnalité. Bien sûr, il y avait Miranda Osquith, mais, hormis leur commune passion des chevaux, que pouvait-elle avoir en commun avec cette petite, plus jeune qu'elle de plus de vingt ans ? Beaucoup de choses les différenciaient : le milieu social, la culture, le sens même qu'elles donnaient à l'existence. Mais il n'en était pas moins vrai qu'elles étaient liées par ce qui pouvait ressembler à une amitié paisible.

Elles s'étaient rencontrées deux ans auparavant, sur l'hippodrome de New Abbey où Carolyn était venue voir courir deux de ses chevaux. Ce jour-là, Miranda avait victorieusement monté l'un d'eux, alors qu'elle n'était qu'apprentie. Le premier contact entre les deux femmes, aussi réservées, indépendantes l'une que l'autre, avait été emprunt d'une extrême timidité, voire de gêne. Par la force des choses — la jeune fille travaillait chez Ted Lawkin, l'entraîneur de l'écurie de Carolyn — elles avaient été amenées à se revoir, Carolyn allant souvent aux environs de Marlborough surveiller le travail de ses animaux. Un après-midi, elle avait osé convier Miranda à venir dîner chez elle le surlendemain. La jeune fille s'y était rendue, après quoi la maison de Croft Road lui était devenue familière.

Cependant, elle n'avait jamais vraiment parlé d'Edward à la jeune fille, bien qu'il lui semblât par moments qu'il se tenait auprès d'elles, écoutant leurs conversations. Carolyn se demandait parfois ce qu'il aurait pensé de cette affection. Elle n'était pas de leur monde, n'avait pas leur niveau de culture, mais partageait la même passion des chevaux et se montrait aussi discrète, aussi indépendante qu'elle.

Elle redescendit sur terre en voyant un groupe d'enfants qui sortaient du « Centre des Arts », nom pompeux donné à un complexe de béton regroupant une salle de concert, une galerie, un théâtre, et divers centres d'activités plus ou moins liées à la culture. Elle avait ce bâtiment en horreur, tout en lui reconnaissant une certaine utilité, et un agencement intérieur correct. Elle boutonna son imperméable et redressa la tête. À quarante-quatre ans, elle était encore une jolie femme, de corps sportif et de visage distingué, qui aurait pu se remarier sans difficulté aucune. En songeant à cela, un sourire mourut sur ses lèvres : plus aucun homme ne l'intéressait autrement que pour de superficielles mondanités, et tant d'entre eux avaient été si ridicules avec leurs maladroites avances ! Comme pour penser à autre chose, elle entra dans un magasin, une parfumerie. Dix minutes plus tard, elle ressortait au moment même où Quint-William Rockwell garait sa voiture devant un bureau de tabac. Il reconnut sans peine la silhouette féminine habillée avec une discrétion recherchée.

Huit années auparavant, la mort d'Edward Mac Stroud — peut-être le plus important industriel du Wiltshire — n'avait pas laissé Scotland Yard indifférent. Une enquête discrète avait été menée. Enfant de la région, Rockwell y avait pris part, et s'était fait remarquer par son tact et sa célérité. Mais surtout, ces investigations de routine l'avaient amené à renouer avec ses racines, et encore maintenant il s'étonnait d'avoir pu passer tant d'années entre Londres et le continent sans ressentir le besoin impérieux d'aller puiser dans cette terre vive une eau lustrale qui le décantait, comme si l'impression de se sentir chez soi effaçait les scories ramassées au cours d'enquêtes plus ou moins épuisantes ou déprimantes. N'ayant écouté que son emballement, un peu à la manière d'un gosse sentant s'approcher l'heure de la récompense, il avait acheté à Allington, tout près d'Avebury, une maison à l'architecture peu banale, qui ouvrait sur un panorama de petits étangs. Il y passait une partie de ses vacances, toujours en septembre, et les trop rares fins de semaine qu'il pouvait voler à ses activités londoniennes. Mieux encore, il avait su persuader un de ses amis les plus chers à venir passer sa retraite dans le Wiltshire.

Sortant de sa voiture, il traversa la rue pour venir à la rencontre de Carolyn Mac Stroud. Depuis l'enquête, il y avait entre eux des rapports assez équivoques faits à la fois d'attirance intellectuelle et de méfiance. Carolyn savait que la finesse de celui qui était maintenant superintendent au Yard l'avait amené à deviner en elle des sentiments si profonds, si soigneusement étouffés, qu'elle craignait d'une peur presque irréelle de les voir percés même superficiellement. En présence du policier, sa réserve n'était pas feinte, elle restait presque sur la défensive, bien qu'elle appréciât chez lui l'aisance de l'esprit, chose exceptionnelle en ces temps de conformisme des intelligences. Sa poignée de main, lorsqu'il l'avait abordée, avait été distante, sans un sourire, avec seulement un bref éclat de ses yeux verts qu'elle avait su vite éteindre. De son côté, Rockwell ne semblait pas mécontent de cette rencontre impromptue. Ils échangèrent quelques banalités avant de se séparer, Carolyn ayant refusé de l'accompagner dans un salon de thé.

En repartant, elle eut conscience de la relative impolitesse de son attitude, mais elle avait ressenti d'un coup un absolu besoin de solitude, comme si la rencontre de ce policier pourtant courtois avait confiné à l'indiscrétion. Lorsque ce genre de crise survenait, les mots franchissaient difficilement ses lèvres et son corps devenait la proie d'un froid intense, nauséeux, comme celui d'une cave laissée en sommeil durant des siècles. Fréquentes juste après la mort d'Edward, ces crises s'étaient espacées de plus en plus, jusqu'à devenir rarissimes.

Un malaise s'ajoutant à l'autre, elle vit dans cette résurgence qui la faisait frissonner toute entière, un mauvais signe, indéchiffrable. Elle n'était pourtant guère superstitieuse, trop chrétienne pour cela, mais elle sentait une ombre se glisser contre elle, comme un brouillard impalpable qui glace le corps. Se dominant, elle accéléra sa marche, songeant à la paix de sa maison, à sa familiarité rassurante, comme à un port aux hautes digues qui la protégeaient des tempêtes environnantes.

II.

Rockwell laissa s'éloigner Carolyn Mac Stroud avant de regagner sa voiture. Il lui semblait que cette femme avait constamment quelque chose à cacher. Il attendit encore qu'elle eut disparu à l'angle d'une rue pour démarrer sa grosse Jaguar. Il passa au poste de police, un peu pour signaler sa présence, mais aussi pour rencontrer un inspecteur qu'il connaissait assez bien. Les bureaux avaient été repeints, mais, malgré cela, il y flottait toujours une vague odeur d'urine. Ayant demandé à voir l'inspecteur principal Hyatt, il s'entendit répondre qu'il était sorti. « L'enquête sur ce bébé assassiné, vous devez en avoir entendu parler, Monsieur », avait dit un des policiers de service. Oui, il en avait vaguement entendu parler, mais n'avait aucune envie de se préoccuper de cette histoire qui relevait de la compétence de la police locale. Il était déjà assez ennuyeux de devoir officiellement faire connaître sa présence ! Il refusa un café lyophilisé et sortit, soulagé, il n'avait pas envie de stationner dans ces bureaux qui lui donnaient l'impression de faire des heures supplémentaires. Une fois dehors, il se sentit l'esprit libre, il était vraiment en vacances.

Une fois dégagé de la banlieue grisâtre de Swindon, il put rouler à aussi vive allure que le permettait la route d'Avebury. Après avoir traversé la petite ville, il prit la direction de Devizes et tourna à gauche vers Allington. La route était étroite, mal commode, bordée de fossés remplis d'eau. Juste avant le village, il emprunta sur une centaine de mètres un sentier empierré que coupait une vieille barrière. Il arrivait enfin chez lui, devinant dans le nuage que formait l'humidité ambiante sur les branches des arbres en se mêlant aux vapeurs des étangs la silhouette longiligne recouverte d'ardoises de Watermead. Il sortit de sa voiture pour ouvrir la barrière, rentra et ressortit pour fermer ce qui était plutôt une porte symbolique isolant la propriété du monde réel. Il gara le véhicule et avança jusqu'à la maison étroite qu'il considéra un instant. Une cour pavée, moussue par endroits, la séparait d'une pièce d'eau rectangulaire bordée sur l'autre rive de pâles saules pleureurs. C'était une construction à un étage percée de fenêtres régulièrement alignées. Au rez-de-chaussée, à chaque extrémité de la maison, deux portes aux vantaux de bois sombre, précédées de petits perrons de granit, donnaient accès à l'intérieur. Le plus surprenant était que la bâtisse n'avait d'ouvertures qu'à l'est, du côté des étangs disséminés entre les prairies et les bouquets d'arbres. Toute la partie ouest n'offrait au regard qu'un long mur maçonné que léchaient des tilleuls et des platanes plantés en rangs serrés. De hautes cheminées de briques montaient de ce mur uniforme. L'aspect emblématique de cette maison n'avait pas échappé à Rockwell. Peut-être, d'ailleurs, l'avait-elle séduit à cause de ce contraste entre le regard et l'aveuglement.

Il n'avait apporté qu'une modification à la propriété : la transformation d'une grange en garage. Après y avoir rentré la Jaguar, il ouvrit la maison puis rangea les affaires ramenées de Londres, des livres, quelques bibelots, des vêtements et un petit meuble de style qu'il plaça en divers endroits avant de trouver la vraie place de l'objet. Il se recula pour juger de l'effet, le déplaça de quelques centimètres, recula de nouveau, appréciant l'effet produit.

Alors qu'il finissait ses agencements, son téléphone fit entendre le début d'une étude pour piano de Chopin, la « Révolutionnaire ». Il songea qu'il devait le recharger, avec une arrière-pensée : il cherchait à éviter ce genre d'intrusion et prenait soin de ne pas donner à tout le monde son numéro de portable personnel. Mais non, il devait quand même être joignable. Tiens, il devrait personnaliser la sonnerie, pour les personnes dont il savait qu'elles ne l'appelaient pas pour lui vendre des assurances ou l'interviewer pour un quelconque magazine « people ». Il se promit de le faire en prenant le portable et fut rassuré : c'était son vieil ami Seamus Casey-Wynford qui l'invitait à venir prendre un verre le lendemain en fin d'après-midi. Ils bavardèrent quelques instants, Rockwell marchant de long en large dans la maison, passant dans le salon, le bureau — ou tout au moins la pièce dont il avait décidé qu'elle serait « le bureau » —, examinait la cuisine, vérifiait les robinets, déplaçait un objet. Depuis que les téléphones portables existaient, il ne savait pas discuter en restant assis, habitué qu'il était maintenant à prendre un appel alors qu'il était en chemin vers le lieu de quelque enquête.

La conversation terminée, il remit le téléphone sur son bureau, se souvint qu'il devait le recharger, brancha l'objet et revint dans le salon où il se servit un doigt de xérès. Il aimait, non sans une légère pointe de vanité, le décor qu'il s'était créé dans cet endroit, un mélange douillet d'ancien et de moderne organisé autour d'un demi-queue Pleyel surchargé de bronzes datant du milieu du dix-neuvième siècle. Aux murs, il avait accroché des portraits de famille, plus pour leurs riches cadres anciens que pour la valeur intrinsèque des toiles où les corps et les visages, fixes, comme dédaignant leur sort, paraissaient souffrir soit d'une luminosité trop vive qui les amoindrissait, soit être parcourus, à la faveur d'un ultime regret de crépuscule, d'une expression de mélancolie lointaine. Certains avaient une valeur sentimentale, lorsque leur propriétaire avait connu ou entendu parler des personnages ainsi portraiturés par un artiste local, mais d'autres représentaient de parfaits inconnus dont on savait juste qu'ils étaient « des ancêtres ». Une galerie des ancêtres, dans un château, l'idée l'amusait. En contraste, sur le carrelage, un tapis aux couleurs vives, aux dessins abstraits inspirés de Miró, semblait projeter dans le salon une vie presque sauvage, comme une note d'exotisme.

Rockwell ferma un moment les yeux, comme pour savourer ses retrouvailles avec ce cadre qu'il affectionnait. De nouveau, les arpèges de piano de l'étude de Chopin se déchaînèrent depuis le bureau. Le téléphone, il faudrait qu'il change cette sonnerie qui lui vrillait les oreilles, cet enregistrement synthétique n'était qu'une caricature de ce fabuleux morceau de virtuosité. Il arriva à temps pour décrocher, se demandant qui ... Il fut surpris, car, là, cet appel était vraiment inattendu.

III.

À quelques miles de là, Alan Page surveillait d'un œil distrait sa fille Emily sur son double poney. À douze ans, elle ne se débrouillait pas trop mal. Très certainement, elle tenait de lui, au moins sur ce point. Il se dit qu'il aurait dû aller lui donner quelques conseils, mais son esprit était ailleurs. En fait, il ne savait plus très bien où il en était. Il lui semblait que le cours de son existence s'était emballé sans qu'il pût arrêter cette machine devenue folle. Il embrassa d'un coup d'œil la propriété, puis rentra dans la maison neuve qui dominait légèrement les prés et les bâtiments de l'exploitation agricole. Emily se débrouillerait bien toute seule.

Il s'en voulait bien un peu de la laisser tomber alors qu'elle ne venait aux Granges que rarement depuis que la procédure de divorce avait été entamée. En ce début de septembre, elle passait la fin des vacances chez son père. Il ne se réjouissait pas véritablement de l'avoir : elle lui rappelait un passé pas si lointain où il ne devait pas faire face à tant d'ennuis. De plus, l'attitude de la fillette, sans être inamicale, était dénuée de tout élan affectif, qu'il vienne du cœur ou soit tout simplement de circonstance. Or, il ne s'était jamais senti aussi isolé, pataugeant sans illusion dans un immense marais putride. Dans son ressentiment envers l'existence, il voulait oublier que tout était en grande partie de sa faute, qu'à lui seul incombait la responsabilité d'assumer une séparation qui lui pesait. Parfois, il essayait de se convaincre que Fay avait bien plus de torts que lui, mais il n'y arrivait jamais. Et toujours la même expression lui venait en tête : il avait fait pénétrer le loup dans la bergerie. Avec plus d'intelligence et de lucidité, il aurait pu renvoyer de chez lui cette jeune employée qui était à l'origine du déchirement qu'il vivait. Il n'en avait pas eu le courage. La jalousie de Fay avait fait le reste.

Mais enfin, il ne s'était rien passé... Oui, il y avait eu cette fête chez l'entraîneur de Salisbury, la sœur du jockey... enfin, c'était un coup d'euphorie, après une brillante victoire... mais Fay l'avait su... Et aussi... il y avait eu un peu trop de « juste une fois », de petits coups de soûlographie, de pseudo-pannes de voiture, de fins de soirées un peu arrosées... Et finalement, celle qu'il avait seulement serrée dans ses bras, mais Fay était arrivée. Oh, elle n'avait pas fait de scandale, elle était partie discrètement, et avait emmené Emily chez la grand-mère. Trop, c'était trop, lui avait-elle dit seulement.

Dès lors, il s'était senti happé par une spirale d'événements, une foutue spirale, juridique, matérielle, affective... Un faible, voilà ce qu'il était. Un brave type, mais lâche au point de ne même pas pouvoir fuir et se fuir en se tuant tellement il était hanté par la crainte de mourir seul comme un soldat blessé que les brancardiers ont oublié sur le champ de bataille.

Il jeta un coup d'œil sur les factures qui s'amoncelaient sur le secrétaire. Cela aussi, c'était un sacré problème. À une certaine époque, il avait eu de l'argent, comme en témoignait l'ameublement de sa maison, mais maintenant, celui-ci lui filait entre les doigts. Puis son regard alla sur le canapé où dormait Emily, Fay ayant fait enlever pour le prendre chez elle tout le mobilier de sa chambre d'enfant. La pièce à présent nue lui faisait horreur, et il la fermait à clé.

Mais, au moins, lorsqu'Emily avait sa chambre, elle n'étalait pas ainsi dans le living son désordre. Il y avait même sous une fenêtre un hamster dans une cage. Fort heureusement, il ne puait pas trop, elle en prenait soin.

Revenue de l'écurie, Emily annonça : « Je l'ai bouchonné et je lui ai donné du foin ».

Alan, qui regroupait sur une chaise les vêtements épars de sa fille, ne se donna même pas la peine de relever la tête.

— Tu as bien refermé la porte, au moins ?

— Évidemment, Papa. »

Elle avait répondu avec un peu de commisération dans la voix. Elle était déjà très vive d'esprit pour son âge, et la séparation de ses parents l'avait en quelques mois beaucoup mûrie. On eût dit qu'elle se donnait pour tâche de suppléer sa mère absente lorsqu'elle se trouvait avec son père. Cela ne l'empêchait pas d'être encore une enfant de douze ans comme les autres, chahuteuse ou chagrine, mais d'instinct elle sentait combien Alan Page recherchait en sa fille une protection, voire une autorité, sans laquelle il se sentait plus ou moins dériver au gré des vents.

Après s'être désaltérée dans la cuisine à l'eau du robinet, elle s'approcha de son père.

— Papa, as-tu songé à faire les enveloppes ?

— Pas eu le temps. Mais les adresses sont sur le bureau, tu pourrais peut-être les faire...

— Avec mon écriture ?

— Pourquoi pas ?

— Parce que les gens risquent d'être un peu surpris, tu ne crois pas ? Je crois que je ferai mieux de les taper sur l'ordinateur, si l'imprimante marche encore. Il y a encore des cartouches ?

— Oui, Miranda s'en est servie avant-hier. Tu sais comment faire pour la mise en page ?

— Bien sûr, c'est dans le logiciel de traitement de textes et même dans celui de l'imprimante. Tu ne le fais jamais ?

— Pas pensé. Tu m'expliqueras, ça m'évitera de recopier toutes les adresses à chaque fois. Bon, je vais aller faire mon boulot ».

Le travail de la fin d'après-midi, c'était la traite, rentrer les bêtes, faire les boxes des chevaux, donner à manger à tout ce monde, surveiller les poulinières et leurs produits. Tandis qu'il s'activait ainsi, Emily avait allumé l'ordinateur, ouvert le traitement de textes et copié les adresses. Cela ne lui prit qu'une dizaine de minutes, il y avait assez d'enveloppes dans le tiroir, une seule était un peu cornée et l'imprimante ne se permit qu'un bourrage. Elle colla les timbres et déposa la pile dans le tiroir du bureau. Ensuite, elle alla allumer le poste de télévision qui occupait un angle de la pièce, près d'un beau vaisselier ancien, au bois patiné par les ans. Un vague chanteur se matérialisa sur l'écran, braillard et convulsif, mais assez mignon pour attirer l'attention d'Emily, qui reconnut le petit chouchou d'une de ses copines. Mais, un instant après, elle coupa le son, croyant entendre une voiture remonter le chemin qui menait aux Granges. En effet, elle vit par une fenêtre se matérialiser la Daimler de Benedict Minklesham. Celui-là, ce n'était pas comme les autres amis ou relations de son père, elle l'aimait vraiment bien. Il avait toujours été gentil avec elle alors que rien ne l'y forçait, étant avant tout en affaires avec son père, même si la fillette savait qu'une certaine forme d'amitié avait pu se nouer entre les deux hommes en dépit de leur différence de condition.

Minklesham était âgé d'une quarantaine d'années, riche et plutôt beau garçon, et surtout il était producteur de séries télévisées. Cela passait aux yeux d'Emily pour un symbole de la réussite professionnelle, surtout lorsqu'elle avait trouvé son nom dans la rubrique « carnet mondain » d'un magazine, sous une photo de son mariage avec une ravissante actrice française. Cependant, elle avait flairé en lui un fond de mélancolie et de noirceur. Comme à son habitude, il frappa sèchement avant d'entrer et embrassa Emily avant de demander où se trouvait Page.

— Il travaille en bas, répondit-elle. Il eut un léger sourire d'excuse :

— À cette heure, j'aurais dû m'en douter. Bien, je ne vais pas le déranger. Dis-lui simplement que je suis passé, et donne-lui ce certificat, c'est celui du dernier poulain. J'ai le double.

— Vous n'allez pas partir comme ça. Vous avez soif ?

— Je ne veux pas te déranger...

— Pas de problème. Vous voulez un soda, ou une bière ?

— Bon, d'accord, je prendrai volontiers un verre de bière. Tu veux que j'aille me servir ?

Mais la petite avait déjà disparu dans la cuisine. En revenant avec un verre mousseux et une canette de coca pour elle, elle demanda :

— Vous avez vu comment ils grandissent, vos poulains ? Surtout le gris.

— Tu l'aimes bien, celui-là, hein ? C'est vrai qu'il est beau. »

Deux ans plus tôt, Benedict avait investi dans trois poulinières de bonne origine et les avait confiées à Alan pour deux raisons : la proximité, il pouvait venir les voir quand bon lui semblait, et la réputation de sérieux professionnel du père d'Emily.

— Il est beau, et il est gentil. Vous savez, il me laisse le caresser sur la tête. »

Ils continuèrent à converser sur le même sujet, les chevaux étant une passion qui abolissait les frontières d'âge et de condition. La pièce s'assombrissait de grandes ombres douces. Minklesham se sentait bien et parler avec la petite fille le détendait, mais il ne pouvait décemment s'éterniser, et Alan ne revenait pas, sans doute trop occupé aux écuries. Il jeta un coup d'œil à sa montre, s'excusa, se leva. Emily le raccompagna jusqu'à la porte. Une petite voiture noire venait vers les Granges. Il regarda l'enfant avec comme un reproche au fond des yeux, mais tourna de suite la tête. Ce n'était pas de sa faute. Emily eut un geste las, désabusé, qui pouvait signifier un regret ou une excuse. Elle souhaita de toutes ses forces que la voiture s'engage directement sur le chemin menant aux bâtiments d'exploitation, mais la conductrice vint s'arrêter devant la maison, semblant hésiter en voyant la Daimler que les arbres et le demi-jour avaient dissimulée.

À cette vue, Minklesham sentit son corps se crisper, esquissa un geste pour avancer, mais resta figé sur place, comme hypnotisé ou subitement écrasé de fatigue, rassemblant d'ultimes parcelles d'énergie.

Un souvenir vif tel un éclair s'empara de l'esprit d'Emily, un souvenir lointain, mais si présent qu'il paraissait revivre devant ses yeux. Elle revoyait la Daimler rouge garée en bas, près des écuries, Miranda et Benedict adossés à la carrosserie, et elle, dissimulée dans le hangar aux grains, devinant qu'ils avaient besoin d'être seuls, et n'ayant de toute façon aucune envie d'intervenir dans un chagrin d'adulte dont elle trouvait qu'il n'avait pas lieu d'être. Miranda pleurait. Pas de grosses larmes, non, des petites bouffées d'un chagrin enfantin, des larmes qui venaient à chaque œil et ne pouvaient se décider à couler sur les joues pâles. De temps en temps, elle portait un mouchoir à son nez. Ses épaules frêles frémissaient parfois. Jamais Miranda ne lui avait paru si fragile, si fillette, avec sa petite taille, sa morphologie menue, son visage gracile, ses longs cheveux blond foncé que le vent soulevait. Aux yeux d'Emily, elle ressemblait à une biche que Benedict entourait d'un regard si profond, si fiévreux qu'elle n'avait jamais pu l'oublier, qu'il venait même parfois incendier ses rêves. Puis Minklesham, maladroitement, comme un adolescent timide, avait entouré de ses bras les épaules de la jeune fille qui s'était blottie contre lui, avant de rompre cette attache et de courir dans les champs comme si elle avait voulu mourir d'épuisement. Elle avait démarré et Emily s'était demandé si elle était bien prudente de conduire dans cet état. Un instant, elle avait souhaité... cela aurait simplifié les choses. Mais qu'auraient pensé son père et Benedict ? Se seraient-ils sentis coupables ? C'était bien des complications. En attendant, elle était revenue, et elle était là aujourd'hui.

Miranda était sortie de sa voiture, les yeux baissés comme si elle essayait de trouver quelque chose à dire ou regardait ses chaussures neuves, comme une petite fille. Cela agaça Emily qui regarda ailleurs, et s'absorba en contemplant deux pies sur une branche du pommier que l'amorce du crépuscule blanchissait.

— Bonsoir, Miranda. »

La voix de Minklesham la surprit par sa douceur. Mais cette aménité n'était-elle pas feinte, ne masquait-elle pas une rancœur ou une méchanceté plus profonde que l'intonation dissimulait ?

Miranda vint lui serrer la main avant d'effleurer de ses mains fines le front et les cheveux d'Emily, puis elle resta parfaitement immobile, les bras le long du buste comme si elle était subitement honteuse d'elle, mal à l'aise dans son corps qui n'avait su beaucoup se développer, alors qu'au fond d'elle-même elle se sentait véritablement femme et aurait dû agir en tant que telle, ne pas se laisser intimider par la présence de cet homme, reprendre les rênes, dominer cet abandon, cette faiblesse qui, elle le sentait de toutes ses fibres, la diminuait et l'altérait. La situation exigeait qu'elle fasse un geste, n'importe quoi, mais qu'elle ne demeure pas là, stupide et comme prise en faute. Elle devait faire le point, clarifier la situation, au moins en elle-même, *choisir*. Elle savait qu'un jour ou l'autre ils se rencontreraient de nouveau. Où était le mal ? Elle avait eu tort de pleurer, de montrer un sentiment devant quelqu'un pour qui elle éprouvait également... Il savait, elle lui avait fait du mal, elle s'en était fait en même temps. Ils avaient tout fait pour ne pas se rencontrer de nouveau. En fait, c'était surtout Minklesham qui la fuyait, et elle avait respecté ce désir d'exil, plutôt elle en était soulagée, n'ayant pas à choisir ainsi. En attendant, elle restait immobile, sans bouger. Emily était rentrée dans la maison.

Ce fut Benedict qui vint à son secours — *encore,* songea-t-elle amèrement — en rejoignant la Daimler sans mot dire. Elle le regarda démarrer, et, en partant, agiter la main. Ce salut ne lui était pas destiné, Emily était à la fenêtre. Mais il dissipa ses alarmes, gomma l'espace d'un instant suspendu, irréel, toutes les angoisses qu'elle celait dans son cœur. Une seconde, elle se retrouvait *avant*.

IV.

Après avoir été dîner au *Corsaire Rutilant* —le pub d'un village voisin — où on lui avait servi d'excellentes pommes de terre bouillies entourées de menthe et un non moins délicieux morceau de bœuf longuement macéré et cuit à feu doux dont le goût ne pouvait altérer celui, exquis, de la Worcestershire Sauce, le tout arrosé de bière bien chambrée, Rockwell, assis devant sa maison, regardait la nuit prendre possession de son domaine. Du fauteuil de jardin qu'il occupait, il devinait dans l'obscurité s'assoupir les étangs dans un calme tombal. Le superintendent goûtait pleinement ces heures nocturnes qui lui étaient un refuge. S'il n'y avait pas eu cet appel mystérieux, il aurait été parfaitement serein. Mais, le métier reprenant le dessus, il ne pouvait s'empêcher de laisser son esprit partir de déduction en déduction. Après avoir décroché, il n'avait entendu à l'autre bout de la ligne qu'un souffle, une respiration désincarnée, si faible qu'il avait dû se concentrer pour essayer de l'entendre, un chuintement qui lui avait donné froid dans le dos, car il ressemblait à l'imploration d'une personne qui ne pourrait jamais sortir de son sommeil. Cela n'avait duré que quelques instants ; il avait tenté d'émettre un son, mais avait eu la gorge nouée ; puis, la tonalité était revenue, si normale qu'il avait été soulagé de l'entendre, tout en étant déjà convaincu qu'on venait de l'appeler à l'aide. Mais qui ? Deux réflexions s'imposaient à lui : il avait pu être — cas fort peu probable — victime d'une farce stupide. Mais le nombre de gens ayant pu avoir connaissance de son numéro était limité. Ce ne pouvait être une de ces publicités qui vous harcèlent, on aurait parlé, ou il aurait entendu un enregistrement ; de plus, il était à peu près certain que cette respiration était féminine ou, à la rigueur, enfantine. Rockwell, bon pianiste, avait une oreille très sûre.

Il alla à l'ordinateur et l'alluma. Il avait hésité à prendre un abonnement Internet pour cette maison où il ne résidait pas de façon permanente, mais se disait qu'ainsi, il serait justement moins ennuyé par les appels téléphoniques, et n'aurait pas trop de courrier traînant dans la boîte aux lettres, tout se passant désormais par mail. Sa femme de ménage, personne curieuse, aurait pu tirer des conjectures de certains en-têtes, mal les interpréter et bavarder, et tout ce qu'il voulait était pouvoir passer inaperçu. Laissant à plus tard le contenu de la boîte mail, il ouvrit le navigateur et tapa le numéro qui s'était inscrit sur son portable. Rien, il ne s'agissait pas d'un numéro signalé. Il pouvait, en tant que policier, appeler un de ses collègues pour chercher à qui il appartenait, mais il ne voulait pas avoir l'air d'un paranoïaque. De plus, le numéro étant celui d'un portable, il pouvait s'agir d'un de ces téléphones à carte que l'on peut acheter anonymement. Et peut-être une personne cherchait-elle à l'appeler à l'aide, à lui demander un conseil ? En ce cas, elle n'avait qu'à parler. Mais peut-être s'agissait-il d'une erreur ? Comment le savoir puisque le correspondant ou la correspondante n'avait pas parlé ?

Enfin, il n'était pas à Watermead pour se laisser enquiquiner par de mystérieux appels téléphoniques, même si celui-ci lui laissait un goût de cendres, mais pour se détendre, se livrer à la musique. Si on avait besoin de lui, on pouvait toujours le trouver.

— Hélas ! » Murmura-t-il à mi-voix, une curieuse expression de dédain au coin des lèvres. Non que son métier ne lui tînt pas à cœur, mais il était parvenu à une sorte de détachement des atrocités auxquelles il avait été mêlé, un détachement presque métaphysique, oscillant entre la conscience de la vanité de toute chose et une forme subtile de pensée austère, presbytérienne. La musique, les arts l'avaient beaucoup aidé à parvenir à établir cette distanciation.

Il n'était peut-être pas un véritable policier, dans l'acception primaire du terme. Trop dilettante, avait-on dit avant ses premiers, incontestables, succès. Il n'avait pas non plus suivi un parcours ordinaire. Son père, avoué à Salisbury, n'avait envisagé pour son fils d'autre carrière que la sienne. Rockwell était parti pour Oxford, afin d'entreprendre sans passion, mais consciencieusement, des études de droit, menées de front avec des études de psychologie, domaine qui l'avait toujours attiré. Il avait sa licence en poche et s'apprêtait à continuer, lorsque la mort de sa mère, qu'il adorait, l'avait laissé de longs mois exsangue avec pour seul confident ce piano auquel elle l'avait initié depuis son jeune âge. Ce deuil, qui le mettait à l'abri du besoin, lui avait fait ressentir combien il lui serait impossible de ne jamais revenir à Salisbury travailler dans ces bureaux au décor empesé, à l'atmosphère compassée où son père s'était complu dans une routine rassurante, mais sans relief.

Sortant de cette période de dépression où seul son esprit avait été sollicité, il s'était senti le besoin d'action. Il s'était d'abord engagé dans l'armée, puis avait rejoint l'école de police, après s'être plus ou moins brouillé avec l'auteur de ses jours. Il n'évoquait jamais cette période de sa vie ; seul Seamus Casey-Wynford, qui était un peu pour lui un confesseur, avait eu droit à quelques échos. De fait, celui qui avait à présent atteint le grade de superintendent à Scotland

Yard était jugé comme un être secret, mais non pas timide, ne dédaignant pas le monde, mais sachant très vite faire sentir à ses relations les limites qu'il seyait de ne point franchir. Avec les femmes, il devenait affable, mais plus hermétique encore, se méfiant non pas d'elles, mais d'une part un peu féminine de sa sensibilité qui les poussaient à venir lui faire des confidences, bien qu'il n'eût pas à leur égard de prévenances ostensibles, sachant être « bon camarade » sans être « indispensable ».

C'était peut-être là une des raisons de son succès dans la police : il savait pousser les personnes aux confidences, sans les brusquer, avec lui elles se laissaient souvent aller aux aveux, au moins à des indices. Sur le plan personnel, cette capacité l'ennuyait plutôt, et, hormis quelques passades bien naturelles, vite nouées et vite rompues, et une « bonne copine » aussi indépendante que lui, et aussi désireuse de garder pour elle les détails de sa vie, il n'éprouvait aucun désir de s'attacher à de falotes compagnes de solitude. Le côté négatif de cette cohabitation artificielle et stérile lui avait été révélé dans des heures de souffrance durant lesquelles, cloué sur un lit d'hôpital avec une balle dans la cuisse et une autre dans le thorax, il avait appris qu'Evelyn l'avait quitté, étant repartie pour l'Australie. Elle avait chargé un collègue, ami assez proche, de lui expliquer la chose. Bien sûr, il savait qu'elle risquait de repartir, ils en avaient parlé puisqu'elle travaillait comme correspondante pour un journal de Sidney, mais dans ce moment où il aurait eu besoin d'un peu de compassion, de soutien moral, il avait trouvé cette attitude détestable. Il était immobilisé, mais tout de même capable de répondre au téléphone, ou de consulter un mail. Non, la rupture s'était passée par personne interposée.

Depuis ce jour, il n'avait plus eu peur de mourir. Et il avait appris, aussi clairement que s'il l'avait vu dans un miroir captant une image, qu'il venait de perdre le lien l'attachant à un monde devenu odieux, qu'il avait été dupé dans son aspiration lancinante, mais brûlante de prendre place dans la société. Il avait reçu de plein fouet la révélation qu'en fait, son apparent détachement n'était qu'une hypersensibilité, une crainte de faire fausse route, et qu'en lui était resté présent le besoin d'exister en dehors de son père et de son ronronnement bureaucratique. Evelyn n'avait pas fait que saccager son existence, elle lui laissait de ces regrets qu'on ne peut pardonner, une certitude de rester toujours en marge des « autres ».

Le collègue lui avait rapporté qu'elle avait pris conscience du fait qu'elle ne pouvait assumer de partager la vie d'un homme exerçant un métier à risque. Lui aussi avait connu cela, mais, moins cérébral que Rockwell, il avait pu compenser en trouvant une compagne sans problèmes métaphysiques, à qui il n'avait rien caché depuis le début, et qui avait suffisamment d'expérience de la vie pour accepter cet état de choses. Et ceci lui avait appris également qu'l demandait trop à la vie, aux êtres, il se voulait parfait, logique, ordonné comme une fugue de Bach, alors que son côté affectif était aussi brûlant qu'un scherzo de Chopin.

Evelyn lui avait fait faire un apprentissage douloureux, mais dont il sentait combien il lui avait été, d'une certaine façon, nécessaire à ses activités comme à la connaissance de lui-même : celui de la solitude. Il avait ainsi appris que, si l'on pouvait vaincre le cancer ou la tuberculose, on ne pouvait soigner une âme qui refuse la douceur, qui se ferme à tout échange.

Il avait bien une sœur de dix ans sa cadette, Ann, spécialiste de droit maritime, mais il ne cherchait guère à l'approcher. Et elle, de son côté, faisait passer avant tout sa réussite professionnelle et financière, ayant également coupé les ponts avec leur père qui s'était rabattu sur elle pour prendre sa suite et avait été déçu une seconde fois, trouvant extravagant qu'une femme s'intéresse au droit maritime. Elle était bien sa sœur, fermée à toute confidence et ne communiquant avec lui et avec le peu de famille qu'ils avaient que pour des raisons matérielles et pour se souhaiter les anniversaires, la bonne année et toutes les mondanités dont on ne parvient pas à se défaire. Il y avait aussi entre eux quelques « cadavres », des actions d'enfance cruelles ou équivoques, actes le plus souvent oubliés et surmontés à l'âge adulte, mais qui, en songe, pouvaient ressurgir à la manière de ces sources empoisonnées venant polluer une oasis.

Rockwell, d'un coup, eut froid, alluma sa torche et regarda l'heure à sa montre. Il était près de minuit. Déjà ! Il rentra dans la maison, se demandant pourquoi ses épaules lui paraissaient pesantes. Ou plutôt, si, il le savait, mais ne voulait pas le reconnaître. Penser à Evelyn, évocation lointaine, avait fait ressurgir derrière ses yeux un autre visage de femme, aperçu et admiré l'automne dernier. Fugacement, il en avait sans doute été un peu amoureux, mais comme on reste en arrêt devant une œuvre d'art, un tableau, une musique sublime. Il se devait de détruire tout sentiment par tous les moyens. Et il craignait de revoir ce visage, une jeune femme, qu'il lui semblait avoir aperçue au village lors de brefs week-ends passés dans cette maison, qui lui avait laissé une impression étrange de douceur et d'inquiétude tout à la fois. Le refuge ne devait pas être profané par un sentiment qui risquait de faire s'effriter ses murailles protectrices.

Il se dirigea vers le piano, ôta la partition de Chopin qui se trouvait sur le pupitre et ouvrit le recueil des sonates de Mozart. Doucement, sans se fatiguer, il attaqua l'une d'entre elles, au hasard. La concentration nécessaire à la technique, la vision des notes sur le papier qui se transformaient comme par magie en un élément sonore sublime l'apaisa.

Tiens ? Zut, une fausse note, un vilain doigt qui a mal visé. Cela arrive...

V.

Le lendemain matin, à quatre heures trente, comme tous les jours, Miranda Osquith se levait, s'habillait, buvait à la hâte un vague café, fermait à clé la porte de sa masure, prenait sa voiture et parcourait les quelques miles qui séparaient Lockeridge de Marlborough. Elle arrivait toujours en avance à son travail, ce qui la faisait bien voir de Ted Lawkin, son patron, mais la faisait considérer comme une lèche-cul par certains des autres lads. Elle n'en avait cure. Dans ce milieu d'hommes, elle devait se montrer plus travailleuse, un point c'était tout. D'ailleurs, elle ne rechignait pas au boulot, même si elle payait ces efforts de moments d'intense fatigue et, ce qui aurait dû l'inquiéter davantage, de périodes dépressives qui, si elles n'altéraient pas son état physique, la laissaient moralement exsangue. Elle pleurait alors pour un rien, en solitaire, car elle avait sa fierté, ou bien éprouvait de fugitives envies de suicide. Il lui arrivait aussi de passer par des périodes d'exaltation suivies de moments d'angoisse. Mais on ne lui avait pas appris à s'écouter, et elle était volontaire et courageuse.

Sixième d'une famille de sept enfants, élevée dans la banlieue de Swindon, si elle n'avait jamais manqué du nécessaire, elle avait connu l'argent difficile, la mère qui buvait parfois un peu trop parce que, des existences, il y en avait sûrement quelque part de mieux que la sienne, les moqueries à l'école parce que son intelligence n'avait pu se mouler au système scolaire. Comme elle avait toujours aimé les animaux, surtout les chevaux, qu'enfant elle venait voir courir dans un hippodrome de la région où se produisaient quelques rossinantes locales, et que son petit gabarit allié à une certaine force physique pouvait convenir pour devenir jockey, à seize ans on l'avait placée comme apprentie chez Alan Page. Depuis, elle n'avait pas quitté ce métier, même si monter en course faisait battre son cœur. Non qu'elle eût peur, mais son anxiété innée reprenait le dessus, comme un artiste saisi par le trac. Elle se débrouillait pourtant bien puisqu'un Lawkin, qui n'était pas le premier venu, l'avait embauchée à la fin de son apprentissage et que trois ans après elle faisait encore partie de l'établissement.

Mais, pour elle, chaque jour était une lutte. Surtout depuis qu'elle avait découvert tardivement, car guère précoce physiquement comme émotionnellement, les tourments du cœur. Elle y laissait une part d'elle-même, dominée par sa jalousie presque maladive, reprise par ce mal de vivre qu'elle croyait avoir oublié depuis son enfance. L'amour, et même aussi l'amitié annihilaient en grande partie sa vaste sensibilité ainsi que sa finesse d'âme. Elle pouvait même, tant elle se voyait privée d'assurance, en devenir méchante. Ce n'était pas parce qu'elle n'était pas douée intellectuellement qu'elle ne pouvait être sensible, mais son problème était qu'elle ne parvenait pas à expliquer ce qui se passait en elle, et qu'elle devait toujours agir, aller de l'avant, avancer, vivre, laisser de côté ce qu'elle prenait pour une anormalité. Avec les chevaux, on pouvait laisser de côté ces problèmes pour être à leur écoute, elle savait jauger à la fois leur solidité et leur émotivité. Mais, une fois mis pied à terre, une fois sortie des boxes et de la cour du centre d'entraînement, elle était de nouveau saisie par cette difficulté d'exister.

Elle terminait sa « journée » sur le coup de midi, déjeunait souvent avec les autres lads, et, s'il n'y avait pas de courses où elle devait monter un cheval ou l'accompagner, elle occupait son après-midi soit à se reposer, soit à prendre le chemin de West Kennett, en direction du hameau au bout duquel se situaient les Granges. Elle y travaillait alors pour Page tout à la fois pour arrondir ses fins de mois que pour des raisons connues d'elle seule.

Elle aimait le site des Granges, mais il y avait sur le chemin un hameau en ruine qui l'indisposait. Le lieu dégageait une saisissante impression de poussière, de rouille. De hautes broussailles masquaient à la vue quelques maisons qui tombaient en ruine, et de toits éventrés jaillissaient des poutres noircies. Un peu plus loin, il y avait une chapelle qui n'était que symboliquement entretenue, plus aucune messe n'y était célébrée. Tout cela devait bien sûr être rénové, la région faisant partie d'un site classé, mais il restait cet endroit. Plus loin, un ancien presbytère avait été acheté et refait, ainsi qu'un bâtiment de ferme et un hangar situés à proximité, le tout formant un domaine appelé Dagog Corner. Un certain Ralph Gerson, artiste peintre, y habitait avec sa sœur Laura. Miranda n'aimait guère Laura qu'il lui arrivait de rencontrer sur la route. La jeune fille, presque encore une adolescente, mais très avancée pour son âge, au contraire de Miranda, avait quelque chose de provoquant, peut-être était-elle trop belle, mais de ces beautés appelées à souffrir et que l'on se prend à désirer voir les traits contraints par la douleur. Il se pouvait que Miranda l'enviât.

VI.

Le rituel était immuable. À huit heures du matin, la jeune bonne de Carolyn Mac Stroud finissait de disposer le plateau du breakfast sur la table de la petite salle à manger, celle qui servait presque journellement depuis que sa patronne ne recevait que rarement des invités pour le souper. À huit heures cinq, Mrs Mac Stroud descendait, déjà habillée. Le matin, elle portait souvent des vêtements de sport, ce qui lui seyait bien. Après son petit déjeuner, elle allait marcher, ou bien monter à cheval une heure ou deux avant de se consacrer à ses affaires, et ce jusqu'à une heure.

Elle venait de remonter dans ses appartements pour aller aux toilettes et ajoutait une dernière touche à un léger maquillage lorsqu'elle entendit sonner au portail. Elle fut déconcertée lorsque sa domestique vint lui annoncer qu'elle venait de faire entrer l'inspecteur Waynes dans le vestibule. Elle la pria d'aller lui demander de patienter quelques instants. Des années s'étaient passées, mais elle retrouvait ce curieux sentiment d'intimité violée qui avait prélude à chacun de ses rapports avec la police lors du suicide d'Edward, même si aujourd'hui elle se doutait qu'il ne pouvait s'agir que de quelque chose de bénin, un excès de vitesse par exemple. Elle aimait conduire vite, était adroite, possédait une voiture de sport, une Aston-Martin, mais il y a tout de même des limitations... Toutefois, bien qu'étant une personne dont la nature répugnait aux manifestations incontrôlées, cette intrusion dans son domaine, inattendue, la braquait et lui faisait monter un peu de pâleurs aux joues, vite dissipées. Et, comme pour redevenir une femme sûre de sa vitalité et de sa puissance, elle se mira quelques secondes dans le miroir vénitien qui faisait face à sa table de travail. Puis elle se décida à descendre.

Dans le vestibule, toujours debout et d'apparence embarrassée, Waynes, un grand gaillard, attendait en semblant ne pas savoir quoi faire de son corps. Carolyn l'invita à passer dans un petit boudoir dont la décoration recherchée parut mettre le policier encore plus mal à l'aise. Bon gré mal gré, il s'assit prudemment sur une chaise, ayant l'air d'espérer que celle-ci pouvait supporter sa masse. Il leva les yeux vers son hôtesse. conscient que celle-ci affichait une feinte indifférence avec un aplomb si surprenant qu'il se demanda s'il s'agissait de masquer une curiosité toute féminine ou bien autre chose. Sur un regard de la femme qui lui faisait face, il commença à parler, s'excusant tout d'abord de ce que l'inspecteur principal n'ait pu lui-même se déranger.

— Je présume que Monsieur Hyatt ne se dérange que pour des motifs sérieux, fit-elle. Et je ne pense pas avoir commis de délit ces derniers temps, conclut-elle avec un aimable sourire.

— Rassurez-vous, Madame, nous n'avons rien à vous reprocher.

— Alors, pourriez-vous m'indiquer le motif de votre visite ?

Waynes observa un temps de pause, s'éclaircit la voix :

— Je viens vous voir au sujet du meurtre de ce nouveau-né.

— Oh, cette affreuse affaire. Auriez-vous du nouveau, bien que je ne voie pas très bien en quoi cela me concerne à titre personnel ?

Lui tendait-elle une perche involontaire ?

— Cela n'est probablement qu'une coïncidence, dit-il, mais il se pourrait qu'un nouvel élément soit en rapport avec vous.

— Vous m'étonnez. Mais expliquez-vous...

— Avant tout, sachez que nous ignorons toujours et l'identité de l'enfant et celle de la mère. Comme si elle n'avait jamais existé ! De même, nous ne pouvons parvenir à connaître l'origine du couteau, ni, bien sûr, à identifier son propriétaire. Et nous ne ménageons pourtant pas nos efforts. Mais, en revanche, en fouillant minutieusement les abords de la carrière à la sortie d'Avebury où fut retrouvé l'enfant, nous avons découvert un curieux objet. Un objet dissimulé, intentionnellement ou non, au pied d'un mégalithe.

Mrs Mac Stroud sourit de nouveau :

— Et si vous m'indiquiez la nature de cet objet, Monsieur Waynes ?

— Une épingle de cravate de chasse. Il y a peu de gens qui en portent encore pour pratiquer l'équitation...

— À l'exception de gens tels que moi, car je présume que vous avez dû vous renseigner ?

— En effet. D'autant plus que cette épingle présente une particularité : elle est en forme de cravache dont le pommeau est constitué d'un petit rubis. Tout le monde ne peut pas se payer un tel bijou. »

Carolyn observa quelques secondes de silence avant d'aller à l'assaut d'une suspicion dont elle était tout à fait consciente, même si elle lui apparaissait dénuée de toute vraisemblance. Elle décida de la dissiper en usant de la simple franchise.

— Cette épingle doit m'appartenir. Mais j'en ai toute une collection. Vous ignoriez sans doute qu'il s'agit là d'une de mes petites manies. Je possède des épingles très anciennes.

— Pourriez-vous vérifier qu'aucune ne vous a été dérobée ?

— Suivez-moi. »

Ils se levèrent, Waynes la suivit dans le grand salon. Dans une vitrine, de nombreuses épingles de cravate de modèles très divers scintillaient.

— Cette pièce sert peu, maintenant... » Fit Carolyn en allumant la vitrine.

L'inspecteur approcha. Bien que n'y connaissant rien en matière de bijouterie, il comprit néanmoins qu'il avait en face de lui de très beaux et rares modèles.

Il demanda à son hôtesse de faire l'inventaire des épingles. D'un geste que l'on eût pu qualifier de distrait s'il n'y avait eu sur son front une expression soucieuse, concentrée comme un enfant devant un problème de géométrie, elle effleura les épingles. Ses doigts en palpèrent quelques-unes comme s'il s'agissait de la première approche tactile d'un visage aimé. Enfin, Carolyn Mac Stroud se redressa :

— Il m'en manque deux. Celle dont vous parliez tout à l'heure et une autre, de moindre valeur, mais à laquelle je tenais. Elle était en argent.

— Qui pénètre dans cet endroit ?

— Moi, mes domestiques, des invités lorsque je reçois... Répondit-elle en refermant la vitrine. Waynes lui demanda la clé, l'examina. C'était une petite clé de cadenas sûrement très facile à contrefaire, la serrure était très simple, facile à crocheter. Il en fit l'observation.

— Il y a des objets de plus de valeur dans cette maison, inspecteur. Alors, pourquoi précisément ces épingles ? Et deux seulement ? C'est aberrant.

— J'en conviens. Sauf si vous en avez perdu une aux environs d'Avebury.

C'était une attaque trop brutale pour ne pas être aussitôt parée.

— Monsieur Waynes, ces objets sont soit trop précieux, soit ils me sont trop chers pour être portés tous les jours. Et je ne vais jamais à cheval aux environs d'Avebury. Les installations du club de Swindon et ses environs me suffisent amplement la plupart du temps.

— À cheval, mais...

— Écoutez-moi bien alors, coupa Mrs Mac Stroud. Dissipons toute équivoque. L'enfant a été tué le 26 août dans l'après-midi, avez-vous déclaré à la presse. À ce moment, j'étais dans cette maison. Cela me sera facile à prouver, ne serait-ce que par le témoignage de mes domestiques... Ah, non « *Vous n'êtes pas à son service, il n'est pas aux vôtres* », fait-on dire aux témoins dans les procès, c'est bien cela ? Alors, il y a le facteur, j'ai reçu un colis ce jour-là, il me l'a remis en main propre. De plus, j'ai fait une commande par mail au supermarché, comme j'ai l'habitude, pour qu'ils me livrent le lendemain. On peut, je pense, déterminer la localisation de l'ordinateur qui a effectué cette commande, et à quelle heure. Vous allez me dire que mon employée aurait pu le faire. Mais, s'agissant d'une commande payée par carte de crédit, je dois donner un code à chaque fois, je ne peux me permettre de le communiquer même à des personnes de confiance. Si la police désire un complément d'enquête, que l'inspecteur-chef Hyatt vienne me voir. Maintenant, si nous retournions nous asseoir pour deviner qui a bien pu me chaparder ces bijoux ? »

Rarement Waynes, dans l'exercice de ses fonctions, ne s'était fait moucher avec autant d'aisance, avec autant de facilité. Quelque chose se mit brièvement à clignoter dans son esprit. Cela cessa lorsqu'ils rejoignirent le boudoir. Le policier demanda alors quelles étaient les personnes au service de Mrs Mac Stroud.

— Megan Dorwell, qui remplit les fonctions d'intendante et de cuisinière. À mon service depuis quinze ans, j'ai une entière confiance en elle. Ensuite Alice Black, plus jeune, qui s'occupe du ménage et du linge. Elle n'est chez moi que depuis deux ans, mais je n'ai jamais eu à m'en plaindre. J'ajoute que c'est la fille de l'ancien valet de chambre de feu mon mari, et que je la connais depuis son enfance. Je vois mal ces gens me voler, de même que le vieux Gorham Floyd, le jardinier qui vient quatre jours par semaine. L'été, pendant les congés scolaires, il se fait souvent aider par un apprenti, mais il a toujours su les choisir, il connaît tout le monde dans la région. Actuellement, son aide est un jeune qui se nomme Juan Rodriguez.

— Espagnol, sans doute ?

— Il parle sans accent, il doit être né ici. Un garçon très serviable, pour le peu que j'ai pu en voir. Il fait pas mal de petits boulots, notamment chez Alan Page, l'éleveur de chevaux, et dans une jardinerie pas loin d'ici.

— Nous enquêterons sur chacun d'eux, de toute façon. Mais, a priori, vous excluez que ces personnes aient pu vous voler. Et parmi vos amis, vos relations ?

— J'ai toute confiance en mes rares amis. Et je reçois peu de monde.

Waynes se le tint pour dit, mais décida de savoir qui fréquentait la maison de Croft Road.

— Il y a aussi une autre hypothèse, Madame : que l'on n'ait pas dérobé ces épingles pour le profit, mais pour vous incriminer dans le meurtre de ce nouveau-né. Rien ne nous prouve que l'épingle n'ait pas été abandonnée exprès après l'assassinat. Ce qui, d'ailleurs, expliquerait que nous ne l'ayons pas retrouvée immédiatement, même si l'endroit était très boueux. Avez-vous des ennemis, Madame ? »

Il distingua très nettement que son interlocutrice était traversée par quelque chose qui rendait ses nerfs violemment actifs, comme si elle avait été parcourue par un courant électrique. Ses yeux se plissèrent, sa mâchoire eut un bref rictus de dégoût ou de défi. Elle garda le silence un bref instant, laissant à l'émotion le temps de s'évacuer :

— Je ne le pense pas, Monsieur Waynes... Si cela était, ce serait de la jalousie, mais non... trop horrible, répondit-elle en baissant les yeux.

— Nous sommes le 5 septembre. Depuis le 26 août, pouvez-vous vous souvenir des gens qui sont venus vous voir ici et qui auraient pu avoir la possibilité de voler ces épingles ?

— Cela me sera difficile. Je ne peux parvenir à croire... »

Impuissance réelle, crainte diffuse de collaborer avec la justice ou désir de couvrir quelqu'un ? Waynes la pria encore une fois de tenter de rassembler ses souvenirs — un nom cité lors de l'entretien lui disait vaguement quelque chose — tandis que son hôtesse se levait, signifiant la fin de l'entretien. Le policier referma la lourde porte de l'hôtel particulier plus dubitatif encore qu'à son arrivée, une lancinante question lui trottant dans la tête : qui était vraiment Carolyn Mac Stroud ?

Puis il reprit le chemin d'Avebury.

VII.

À l'âge de dix ans, Laura Gerson avait été violée. Avec une précision toute chirurgicale, elle se souvenait des moindres détails de la façon dont on s'y était pris pour soumettre sa chair. Cela allait des premières phrases prononcées : « C'est une punition, Laura, tu comprends, une très sévère punition, tu es une sale petite fille, sale, sale, sale... » jusqu'à la déchirure brûlante de son hymen, de son vagin point encore prêt, labouré tandis que l'homme se mouvait en elle avec un bruit de succion, hideux et reptilien. Lorsqu'avec des gestes malhabiles, les mains agitées de spasmes, elle avait remonté sa culotte sur son sexe ensanglanté, souillé de sperme, puis rabaissé sa jupe, plus que l'infernale souffrance, ç'avait été la honte qui avait dominé dans son esprit. Peu de temps après, la venue de ses premières règles avait fait remonter cette impression de souillure, l'avait rendue permanente. Et il ne se passait pas de nuit sans que ces images ne reviennent devant ses yeux, le plus souvent horriblement ralenties, comme si on eût voulu que sans trêve elle s'en imprégnât, qu'elle n'oubliât jamais cette soirée maudite qui avait tiré un trait dans sa vie, il y aurait désormais un « avant », propre, innocent, et un « après », sale, coupable de... elle avait beau se rendre compte à présent qu'elle n'y avait été pour rien, qu'elle s'était seulement trouvée là, elle ne parvenait pas à se débarrasser de cette sensation de faute, comme une maladie honteuse.

Il y avait un peu plus de huit années de cela, mais le traumatisme était encore vivace. Avec une conscience aiguë de sa personnalité, Laura savait qu'elle ne serait jamais une femme comme les autres. Juste après le viol, son institutrice s'était aperçue d'un changement d'attitude chez la fillette, l'avait un peu fait parler, et avait prévenu l'assistante sociale qui l'avait fait examiner par un médecin puis par un psychiatre. Son corps avait été guéri, mais, pour elle, il n'était pas question de partager cette expérience qu'elle n'avait pu décrire sur le moment. En grandissant, elle avait lu des articles, trouvé des adresses d'associations, des conseils de médecins, de psychologues traitant de ce sujet, elle savait qu'elle n'était pas la seule. Mais dès le début elle avait choisi de dissimuler ce qui était pour elle une tare, elle s'était dédoublée, en deux personnages différents, l'un public, l'autre privé, et devait chaque jour trouver moyen de les faire coexister. Parfois, il arrivait, à la manière d'un cancer rongeant des cellules saines, que l'une des parties, car la scission n'était pas égale, prenne le pas sur l'autre, teignant d'obscurité et de rancœur le personnage public qui, lui, s'efforçait d'oublier — ou de paraître oublier. Alors, elle fuyait le monde, aspirant à demeurer seule.

Que son demi-frère eût acquis le domaine de Dagog Corner répondait à ses vœux. Elle n'y avait pourtant pas retrouvé un équilibre, car il lui arrivait d'avoir peur de cet endroit, de cette maison, comme si le trouble de son âme communiquait ses maléfices au lieu tout entier. Mais le calme et une vie dénuée d'aspérités avaient peut-être sauvé son esprit de la folie ou de l'idiotie. Elle s'étonnait d'ailleurs qu'avec cet affreux poids sur la conscience, elle pût donner l'illusion de plus en plus fréquente de n'être pas autre chose qu'une jolie fille de bientôt dix-neuf ans. Au vieux presbytère, il était indéniable que le côté positif marquait des points sur l'autre. Même ses relations avec Ralph avaient pris une autre tournure : d'électrisées, elles étaient peu à peu devenues plus patientes, pleines d'une sorte d'intelligence conciliante, qui n'empêchait cependant pas Laura de détester la peinture de son frère. Elle savait pourtant qu'elle avait tort, qu'il émanait quelque chose de ses toiles. Qu'il soit reconnu par les amateurs d'art et la critique la faisait sourire, car elle n'ignorait rien de la naïveté d'un public snob à l'inculture notoire et de l'incommensurable stupidité d'un grand nombre de critiques d'art, tous veillant à surtout ne pas être de l'avant-garde de l'avant-veille.

Ralph Gerson avait installé son atelier dans d'anciennes dépendances du presbytère, un bâtiment de ferme en forme de L. D'un côté, une ancienne grange, il avait aménagé un atelier où il peignait et de l'autre, il s'était fait installer une chambre à l'aspect monastique, avec au fond une pièce dont lui seul avait la clé. Seule Laura avait parfois le droit de venir remettre de l'ordre en ces endroits. Gerson protégeait secrètement ce qui naissait de ses pinceaux tant que la toile n'était pas achevée. De plus, comme il travaillait d'ordinaire très lentement, l'élaboration puis l'accomplissement d'une œuvre n'allaient pas sans tourments. Il lui arrivait de ne pas quitter de plusieurs nuits son atelier : il ne pouvait peindre que dès l'amorce du crépuscule.

Laura entra dans la grange et alluma les puissants projecteurs. En cette fin de matinée, Ralph, avant de partir régler quelque affaire à Chippenham, l'avait autorisée à venir passer un coup de chiffon dans son domaine privé.

Le désordre n'était pas aussi innommable qu'elle s'y était attendue : on voyait même çà et là l'amorce de rangements. La jeune fille connaissait les habitudes de son aîné : cela signifiait que l'œuvre était en voie d'achèvement, voire terminée. Au centre de la pièce, un drap blanc protégeait le chevalet des regards indiscrets. Elle ne fut pas tentée de la soulever et passa dans la chambre. Un lavabo, des waters, un lit de fer en constituaient le seul ameublement. Les murs, jaunis, étaient constellés de chiures de mouches, des canettes de bière vides s'empilaient dans un coin, et des nœuds de poussière parsemaient le carrelage grossier. Avec un soupir, elle alla chercher un balai et des produits d'entretien. En revenant, il lui sembla qu'il y avait quelque chose d'anormal dans la chambre. Elle s'arrêta sur le seuil, inquiète, une impression étrange l'ayant prise à la gorge, et promena son regard des poutres au sol. La clé était sur la porte. C'était aussi bête que cela : en partant, en retard comme souvent, Ralph avait oublié d'emporter avec lui la clé qui condamnait cette pièce où même Laura ne pénétrait jamais. Elle eut un sourire de soulagement, se gourmandant intérieurement d'avoir ainsi les nerfs à fleur de peau.

La porte lui faisait face, à l'autre extrémité de la chambre. La serrure, moderne, pouvait facilement être manœuvrée. Laura se sentit comme hébétée, éprouvant une profonde poussée de curiosité malsaine. Si Ralph avait désiré se constituer pour lui seul un jardin secret, elle n'avait nul droit d'y pénétrer. Rien ne justifierait un tel acte à ses yeux, sauf, peut-être, si elle se persuadait que son devoir était peut-être d'ouvrir cette porte, de voir ce que celait la pièce toujours fermée que n'éclairait nulle ouverture. Devait-elle agir pour éviter... quoi, exactement ? Un danger qui s'approchait, une menace, devrait-elle dénoncer un projet malsain, néfaste... Le temps lui parut très lourd. Un cafard surgi d'un espace entre les carreaux de terre cuite s'immobilisa, puis disparut à sa vue, comme absorbé par le sol. Une immense excavation se creusait en Laura. Agir ou non. Tous ses sens étaient en éveil, et elle sentait ses jambes flageoler. Ses yeux se rétrécissaient jusqu'à devenir de simples petits points verts dans son visage clair. Elle hoqueta, se dirigea vers la porte, fit jouer la clenche.

Elle n'ignorait rien des obsessions de son frère. Il n'avait pu lui cacher cela, malgré le probable désir qu'il en eût. Au début, Laura en avait voulu au psychiatre qui tenait absolument à l'associer au traitement que suivait Ralph, bien qu'il s'efforçât de ne pas la brusquer ni de la faire parler de ce qu'elle avait déjà subi, qu'il connaissait par son dossier médical. Peu à peu, comme une marée d'été paisible s'approprie le sable chaud, elle s'était laissée gagner par une forme subtile, discrète d'enthousiasme à l'idée non pas de « sauver » son aîné d'un quelconque péril, mais, au contraire, de l'aider comme il l'avait autrefois aidée. L'idée l'avait effleurée qu'il avait pu subir la même chose qu'elle... ni Ralph ni le psychiatre ne firent allusion à ce genre de situation, mais le doute restait. Progressivement, les hantises du peintre s'étaient calmées jusqu'à disparaître. Un soir, alors qu'ils demeuraient encore à Londres, Gerson avait brûlé des dessins, des esquisses, à la teneur obsessionnelle : visages d'enfants ravagés, femmes épiées par des monstres, adolescentes dans des chambres de torture, les seules œuvres plus ou moins réalistes qu'il eût composées depuis son apprentissage. Depuis, il n'avait plus à faire jouer ses relations pour s'éviter des tracas avec la police. Et l'exil à Dagog Corner avait probablement mis un terme à ses ennuis, malgré la présence de cette pièce toujours close où Laura venait de pénétrer, pièce sombre, sans électricité.

Progressivement, les yeux de la jeune fille s'accoutumèrent à l'obscurité et elle put distinguer les contours d'un chevalet sur lequel reposait une toile. Elle n'ignorait pas que son frère, de temps à autre, s'adonnait à peindre dans le noir, sorte de pendant graphique à l'« écriture automatique » chère aux surréalistes. Ayant vaincu sa crainte de l'indiscrétion, elle alla chercher une torche, le cœur battant, sachant d'avance qu'elle allait avoir une mauvaise surprise. Le rond lumineux de la lampe dévoila une peinture d'aspect simple au premier coup d'œil : des êtres hypertrophiés, des créatures jaillies de l'enfer formaient une sorte de couronne mortuaire à un visage de très jeune fille, dessiné, lui, dans toute sa pureté même si l'artiste avait su donner à cette innocence un reflet malsain. Laura se sentit mal en reconnaissant cette figure. C'était celle de cette fille qui venait souvent travailler chez leur voisin, Page, l'éleveur de chevaux. Ainsi, Ralph recommençait... Laura se détourna de la toile honnie et sortit au plus vite pour vomir dehors.

VIII.

Alan Page regardait Fay s'éloigner. Il venait de voir celle qui allait devenir son ex-femme au détour d'une rue de Trowbridge. À force de tout faire pour s'éviter, il fallait que le hasard s'en mêlât. Il sortait de chez son avocat, et elle... Il se rendit compte qu'il se demandait ce qu'elle était venue faire dans la ville. Ce n'était pas exactement un sentiment de jalousie, plutôt une pulsation instinctive, sentiment tout neuf, sorti avec brutalité d'un profond enfouissement.

Il resta quelques instants immobile sur le trottoir, indifférent à tout ce qui l'entourait, le regard arrêté sur un point invisible, exactement sur l'endroit où Fay était passée l'instant d'avant. Son visage avait l'expression d'un homme qui veut dire quelque chose de très important, mais qui ne peut l'exprimer avec simplicité. Des choses qui ne sortent pas, qui vous étouffent et qu'on laisse parfois exploser tout à trac, en désordre. Il ne voulait pas dire n'importe quoi, mais ne trouvait pas les formulations. Il remarqua qu'elle sortait un papier de son sac et entrait dans une pharmacie. Qu'allait-il s'imaginer, elle sortait simplement de chez un médecin, mais oui, le Docteur Flynn, que je suis bête, il a un cabinet pas loin d'ici. Est-elle malade ? Ou est-ce Emily ? Oh, elle doit se sentir dépressive, ou elle digère mal. À moins qu'elle ne se fasse renouveler ses contraceptifs ? Bon, je me mêle de... enfin, c'est Fay, tout de même. Ma future ex —... Qu'est-ce que je fais, je lui parle ?

Fay était sortie de la pharmacie et l'avait alors remarqué. Un instant, leurs regards se croisèrent, elle eut un geste vague de la main, puis elle s'éloigna. Il resta un moment debout, regardant à droite, à gauche, puis fixant ses pieds. Deux hommes transportant un meuble le bousculèrent, l'invectivèrent, il était au milieu du trottoir. Il se déplaça d'un pas sans plus réagir. Il essayait de réfléchir, sa tête était comme pleine de coton.

Lorsqu'il émergea de cet état de torpeur, il avisa un pub et alla s'installer dans le recoin le plus sombre. Devant une pinte d'ale, il réfléchissait à en avoir la migraine. Il y avait des faits d'importance qui semblaient voltiger autour de lui ; des vérités inquiètes pullulaient, à la manière de créatures ne s'approchant des humains qu'à la faveur du crépuscule. Quand elles se retirèrent, le laissant affaibli, il venait de prendre une décision, de ces résolutions qui, il le savait, peuvent tuer quelqu'un. Il est de ces abcès qu'il faut crever, même si la douleur s'avère très forte.

Il se demanda s'il aurait la volonté de le faire. Ne pas penser à autre chose... ne pas rêver... Il s'efforça de se concentrer sur des choses matérielles, les chevaux, les moutons, le matériel, les papiers... C'est vrai, les papiers... Il pensa qu'il n'y aurait plus personne pour l'aider. Mais il était optimiste pour la première fois depuis longtemps.

IX.

Rockwell traversa Stanton Saint Bernard et arrêta sa voiture dans la cour de Laurel's Cottage. Il était un peu plus de cinq heures, il était largement en avance. Mais il l'avait voulu ainsi : il tenait à avoir quelques instants pour lui seul son ami Casey-Wynford avant que n'arrivent les autres invités. L'ancien magistrat guettait sans doute sa venue, car il arriva par une porte basse qui donnait directement dans la bibliothèque. Il en était souvent ainsi : ces deux hommes, par un lien échappant à toute rationalité, étaient bien souvent capables de se deviner l'un l'autre. En voyant venir vers lui son ami, Rockwell se dit que celui-ci représentait le type presque parfait du « beau vieillard ». Grand, à peine voûté, à la démarche énergique, au visage altier ceint de cheveux d'un blanc immaculé, Seamus Casey-Wynford ne paraissait pas son âge, impression que renforçait encore le scintillement de deux yeux d'un noir intense qui eussent pu paraître méphistophéliques si n'avait lui en eux l'éclat d'une intelligence raisonnée. Veuf de bonne heure, le magistrat avait choisi de vivre seul et pris des habitudes, mais sans qu'on puisse le qualifier de « vieux garçon à manies ». Le superintendent appréciait un homme sans attaches sérieuses, mais qui n'était pas devenu pour autant un ermite et dont l'esprit était toujours disponible pour une conversation sérieuse ou distrayante.

Ils se serrèrent la main sans mot dire, mais avec émotion, puis le maître de Laurel's Cottage invita son hôte à entrer.

La bibliothèque était une grande pièce aux murs couverts de volumes anciens, où de profonds fauteuils de cuir semblaient inviter à une séance de lecture sereine. Un feu de charbon rougeoyait sur une grille dans la cheminée d'angle. Sur une table basse, datant du baroque italien, étaient déposés des objets de porcelaine. Plus prosaïquement, sur une autre se tenaient bouteilles et verres. Les deux hommes s'installèrent devant l'âtre.

— Qui attendez-vous ? demanda le policier.

— Des personnes qui, je crois, vous ont déjà été présentées : Gerson, notre grand artiste, ainsi que sa sœur ; Minklesham et sa charmante épouse, enfin Flynn, notre médecin légiste. J'avais également convié Carolyn Mac Stroud, mais elle a un empêchement.

— Je crois que ma présence...

— Non, ne croyez pas cela, elle a d'abord accepté en sachant qui seraient les autres invités. Elle m'a simplement dit qu'elle confirmerait, ayant peut-être une obligation. Oui, il était question qu'un de ses chevaux coure aujourd'hui à Newbury, et elle attendait la confirmation de l'entraîneur. Le cheval était fin prêt, donc elle tenait à y être et ne pouvait rentrer assez tôt. Vous savez que, pour elle, les performances de son écurie passent avant tout. Mais, en attendant, que puis-je vous servir ? J'ai là du sherry, un vieux whiskey, de la bière, et un Hospice de Beaune 1976. Si le cœur vous en dit...

Rockwell opta pour le vin de Bourgogne que vint servir un vieux domestique.

— Vos travaux progressent-ils, Seamus ? »

Ce n'était pas la première fois qu'il employait le prénom de son ami et, dans une certaine mesure, maître à penser, mais il le faisait rarement, alors que son aîné ne l'appelait jamais autrement que Quint, sans doute par allusion macabre, mais non dénuée d'un certain humour, au personnage du *Tour d'Écrou*[2]. Passionné d'Henry James, l'ancien magistrat préparait un essai sur l'écrivain américain. Il prenait son temps, méticuleusement, avec cette précision qui avait caractérisé toute son existence, personnelle ou professionnelle. La lenteur de ses travaux s'expliquait aussi par l'intérêt qu'il portait à voir vivre ses semblables, un rôle de spectateur qui lui seyait à merveille. Il n'y avait rien de malsain dans cette attention qu'il portait à autrui ; non, il était plutôt toujours assis à un fauteuil d'orchestre pour y suivre la pièce échevelée que créaient sans relâche ses contemporains même si, parfois, il se sentait le besoin de rectifier tel dialogue ou tel jeu de scène.

Ayant répondu à son hôte, Casey-Wynford orienta la conversation sur des sujets plus terre à terre. Il semblait toujours au superintendent que rien de la vie du Wiltshire n'était ignoré de son ami.

Une voiture s'arrêta dans la cour, une jeune femme en descendit, blonde, mince et élégante. Rockwell nota que son hôte avait auparavant commis une légère erreur : il ne connaissait pas Aurore Minklesham, le mariage étant récent. Il n'avait pas non plus entendu parler ou vu au cinéma Aurore Landy, qui n'avait joué que de petits rôles dans des films d'intérêt secondaire, et dont le vrai nom était Josiane Lambert, lui avait précisé son ami. La jeune femme salua leur hôte, puis Quint-William, et s'excusa :

---

[2] *"Le Tour d'Écrou" ("The Turn of the Screw")*, roman d'Henry James.

— Benedict espère, Monsieur, que vous lui pardonnerez de ne nous rejoindre que plus tard. Quelques messages urgents à envoyer... »

La jeune femme parlait un anglais parfait, presque précieux — timidité ou souvenirs d'université ? — avec une pointe d'accent qui, venant d'elle, avait beaucoup de charme. Le policier se demanda quel âge elle pouvait avoir. Elle paraissait une vingtaine d'années, mais en avait sûrement une bonne dizaine de plus. Peut-être était-ce le teint très pâle, quasi nordique, les longs cheveux d'un blond pâle ramenés en queue de cheval qui descendaient jusqu'à la naissance des reins, la sveltesse d'une taille assez grande, le regard très clair un peu perdu, un peu enfantin, qui procuraient cette impression d'extrême jeunesse. Sans doute en jouait-elle. Rockwell termina mentalement son analyse : une très jolie femme, habillée avec goût de vêtements simples, mais d'excellente facture. Un sans-faute, conclut-il. Un autre visage féminin se superposa à celui d'Aurore, un visage qui lui ressemblait un peu, mais en était une version moins achevée, comme un pastel qui est la première esquisse d'une peinture. Rockwell secoua la tête, agacé, ses idées se mélangeaient décidément un peu trop ! Il fixa un tableau au mur, puis tourna son regard vers Aurore qui ne le troublait pas, mais lui permettait de se reposer les yeux sur une vision harmonieuse plus vivante qu'un tableau ou un bibelot.

Elle s'était assise près de Casey-Wynford. Sa voix était fluette, mais distinguée. Tout, en elle, fleurait l'aristocratie. Réelle, ou jouée ? Elle incarnait Ophélie dans la vie comme sur la scène, sans doute. Si elle avait joué ce rôle.

— J'espère, fit-elle en s'adressant au policier, que votre présence n'attire pas le crime ?

Rockwell détestait qu'on lui rappelle ses fonctions en dehors du service, il était un peu comme les médecins à qui on veut soutirer une consultation gratuite lors d'un dîner de famille. Il n'avait pas envie de faire des heures supplémentaires. Le magistrat répondit à sa place :

— Quint n'a pas vocation à cela puisque son rôle dans la vie est justement de le pourchasser.

— Je crains de m'être mal exprimée, Messieurs. Je voulais simplement faire allusion au fait que, dans la vie comme dans l'histoire, il suffit que certains individus se trouvent à tel endroit, dans tel milieu, pour que des faits se produisent, événements qui n'auraient peut-être pas eu lieu en leur absence.

— Je crois plutôt à une sorte de préméditation de l'histoire, de préméditation de la vie, objecta Rockwell.

— D'où vous excluez le hasard ? C'est un point de vue intéressant. Mais ne croyez-vous pas qu'une forme de préméditation ne puisse justement provoquer le hasard ? »

L'arrivée de Laura et Ralph Gerson dispensa le policier de répondre à cette délicate question. Il ne trouvait pas Laura jolie, mais très séduisante, elle avait un air décidé qui lui allait très bien, elle avait visiblement du caractère, de la personnalité. Son demi-frère, lui, était indéniablement beau gosse. Proportions harmonieuses, visage fin, cheveux déjà un peu grisonnants aux tempes lui conférant un surcroît de séduction, il avait au surplus l'air d'avoir les yeux toujours à demi-tournés vers un songe intérieur. À sa vue, on pouvait penser « c'est un artiste ».

Rockwell remarqua que Laura était aussitôt venue auprès d'Aurore. Visiblement, les deux femmes se connaissaient et s'appréciaient. Elles formaient d'ailleurs un duo féminin très intéressant, l'une charmante et souvent vive, l'autre très belle, mais incontestablement froide. Et elles étaient dans l'éclat de leur jeunesse. Son vieil ami devait se régaler à les observer discrètement au milieu de la conversation vite devenue générale. Voir de la jeunesse belle et intéressante lui donnait une énergie nouvelle.

« Ma mère est de Hambourg… » Attrapa au vol le superintendent. Qui avait dit cela ? Sûrement Aurore, puisqu'il n'ignorait pas que les Gerson avaient perdu leurs parents. Justement, Ralph venait s'asseoir à ses côtés, tenant à la main un verre de whiskey bien rempli.

— Ce vieux Casey-Wynford ne tient pas à laisser oublier ses origines irlandaises. Il a d'ailleurs un nom prédestiné pour nous offrir ce nectar[3], dit-il en désignant le liquide ambré.

— Croyez-vous que le commun des mortels tienne délibérément à effacer toute trace de ses racines ?

— Sûrement pas, puisque, né Canadien, je suis revenu très tôt en Angleterre ! Et je ne le regrette pas, au contraire. Il faut avouer que ma mère, galloise, voulut revenir au pays après la mort de mon père.

Une sorte de rictus tordit sa bouche et il lampa une grande gorgée d'alcool.

— Pour un foutu artiste comme moi, il n'est de vivable que l'Europe et les États-Unis. Tout le reste, ce ne sont que pays exotiques.

— Vous avez pourtant exposé à Sidney et au Japon, si je ne m'abuse ?

— Des conneries. »

---

[3] En gaélique, *wynford* signifie « fleuve sacré ».

C'était définitif. Rockwell se demanda si le peintre était ivre ou s'il jouait la comédie de l'artiste excentrique : Ralph Gerson dans le rôle du grand peintre ranci et désabusé. Il opta pour la seconde solution, tandis que le docteur Flynn faisait son entrée, saluait à la ronde et s'excusait de son retard. Si Gerson aurait pu, à la rigueur, incarner le torturé Hamlet, le légiste, en revanche, eût été une presque parfaite réincarnation de Falstaff, la distinction en plus. Ancien pilier de rugby, il était lourd, puissant, enrobé, mais son visage conservait des traces de finesse sous les rides profondes que creusaient les exigences techniques et éthiques de son métier, ses yeux étaient toujours aux aguets, et ses manières révélaient l'homme du monde. Rockwell l'appréciait, et vint à lui.

— Ne sont-elles pas ravissantes, nos douces amies ? remarqua le médecin.

— Est-ce le connaisseur ou l'esthète qui parle ? ironisa le policier.

Nul n'ignorait, malgré son physique, les réelles ou supposées aventures passées et présentes du médecin, que sa femme supportait d'ailleurs philosophiquement.

— L'amoureux de l'harmonie seul, croyez-le. Regardez-les bien : ne vous semblent-elles pas appartenir à un monde bien à elles ?

— De fait, elles me font penser à deux écolières complices surprises par une averse et réfugiées sous une porte cochère.

À ce moment, le rire de Laura fusa, cristallin, et elle secoua ses mèches bouclées qui brillaient dans la lumière.

— Exactement, reprit le médecin. Mais qu'y a-t-il derrière cette façade ?

— Que voulez-vous insinuer ?

— Connaissez-vous cette phrase d'Howard Fast : « *Je vivais en un monde où tout était normal, ordinaire, stable. Mais quand on présentait devant ce monde un genre particulier de miroir, l'image n'était plus normale, ni ordinaire, ni stable.* »[4]

— Je vois où vous voulez en venir.

Seamus Casey-Wynford se matérialisa près d'eux :

— Très belle citation, Flynn, mais un peu restrictive à mon sens. Présentez ce genre spécial de miroir devant une personne lambda et celle-ci ne sera plus ordinaire. Soit. Mais si cette personne a un double négatif comme tant d'entre nous, quelle image déformée renverra le miroir de Fast ? Celle de l'homme « normal » ou celle du double ? »

Pendant qu'ils devisaient, Aurore Minklesham, s'étant excusée auprès de leur hôte et de son interlocutrice, était sortie de la pièce, son téléphone portable à la main, et s'escrimait à appeler et à rappeler un correspondant qui ne répondait pas et à laisser des messages. Flynn eut un sourire en coin :

— Inquiète pour son mari, la petite.

— Chose parfaitement normale, s'il a assuré qu'il viendrait juste un peu plus tard. On peut toujours craindre un ennui mécanique, un coup de téléphone fâcheux, ou un malaise...

— Ce que je me demande, c'est si elle est très amoureuse ou très jalouse. C'est un drôle de couple. Minklesham étant

---

4 Howard Fast (1914-2003), auteur américain de romans et de scénarios de films, également de romans policiers sous le pseudonyme de E.V.Cunningham.

de mes amis, je les vois assez souvent. Sans vouloir cancaner, c'est un couple curieusement assorti. Elle, c'est une anxieuse qui le dissimule bien sous un masque de froideur et de douceur réunies. Car elle est vraiment délicate, mentalement parlant.

— J'ai cru comprendre que sa mère était allemande ?

— Exact. Vieille famille ruinée par la guerre. Le père, lui, est français, d'excellente famille, mais tout aussi peu argenté que son épouse. Enfin, bon, tout est relatif, il ne travaille pas en usine, ils ont un château en Vendée, qu'ils arrivent à entretenir tant bien que mal.

— Un château en Vendée ? Il en est donc resté après la Révolution Française ? fit Rockwell, voulant arrêter les détails sur la vie des personnes par un essai de plaisanterie.

Mais Aurore et l'ancien magistrat, qui l'avait rejointe dans le couloir, revenaient dans la pièce.

— Je suis vraiment inquiète, disait la jeune femme. Il n'est pas à la maison, et son portable ne répond pas. J'ai écouté le répondeur du fixe, il n'y a pas de message.

— Tranquillisez-vous, ma chère, dit Casey-Wynford. Il est sans doute en route, il ne peut répondre en étant au volant, nous aurons sans doute la joie de le voir arriver d'un instant à l'autre. »

Mais, lorsque tous se retirèrent, Benedict Minklesham n'avait point paru. Sa jeune femme, elle, était repartie depuis longtemps pour Mulberry's Manor, une demeure élisabéthaine des environs de Marlborough que l'homme de télévision avait relevée des ruines. Seamus Casey-Wynford s'était montré un peu soucieux de la voir prendre le volant dans un état d'inquiétude mêlée d'énervement, mais elle avait assuré qu'elle conduirait prudemment, elle était un peu soucieuse, mais sans plus. Il y avait sûrement une raison très banale à cette absence.

X.

C'était l'une de ces parfaites fins du jour de l'été. Le soleil descendait avec une pureté éblouissante comme un diamant sur la ligne d'horizon. L'air était frais, traversé de senteurs maritimes, agité d'une légère brise qui chassait mouches et moustiques. Les oiseaux piaillaient encore dans les tilleuls qui ornaient la minuscule placette qu'ombrait le clocher découpé dans le ciel comme flambant neuf.

Près du Pub de Lockeridge, il y avait une allée étroite qui menait à un ensemble de petites maisons de brique, sans étage, entourées de gazon et flanquées d'un minuscule jardinet. Cette ruelle débouchait sur des champs.

Victoria Osquith gara sa petite Ford sur une place de parking, puis, tâtant au fond de la poche de son jean la clé du domicile de sa sœur, marcha jusqu'à la maison. D'une année la cadette de sa sœur, elle lui ressemblait de surprenante manière, bien que plus grande, plus charpentée, elle était quelque chose de plus achevé par rapport à la légère esquisse qu'était Miranda. Des cheveux châtain clair ramenés en chignon sur la nuque voulaient lui donner un air sévère — elle cherchait seulement à « avoir l'air sérieuse » depuis qu'elle travaillait à la caisse d'un magasin de bricolage à Swindon —, mais n'empêchaient pas la jeune fille d'avoir le charme d'un assemblage harmonieux sans rien encore de vraiment fixé. Ses yeux bleus se posèrent sur le perron, puis ils s'écarquillèrent à la vue de multiples petits bouts de papier parsemant la bande herbeuse qui précédait la maison. Cela ne ressemblait pas du tout à sa sœur d'être aussi négligente. Elle ramassa quelques morceaux de ce qui, au premier abord, lui avait paru être un banal papier. En fait, il s'agissait de papier épais, brillant sur une face, avec diverses couleurs. Elle reconnut un papier photo, et ramassa tout ce qu'elle put trouver, puis elle entra et les posa sur une table. Puis elle s'assit pour essayer de reconstituer cette espèce de puzzle. À mi-chemin de son labeur, elle eut une curieuse impression, une voix intérieure lui disait de ne pas continuer, de tout jeter et de tout oublier. Cela la poussa au contraire à continuer son montage et elle reconstitua lentement, méthodiquement, une photo, et put bientôt reconnaître une épreuve qu'elle avait déjà vue : devant un buisson fleuri se détachaient les visages de sa sœur et de la petite Emily Page. Pourquoi l'avoir ainsi déchirée ? Et qui ? Sa sœur, ou Emily ? Ou quelqu'un d'autre avec qui il y aurait eu une querelle ? Subitement, elle eut l'impression qu'elle allait mourir de chaleur, que sa peau allait se consumer, tant elle eut peur d'un coup. Quelqu'un voulait donc du mal à sa sœur, ou à la petite, ou aux deux ? Elle eut envie de crier, d'appeler, mais se reprit en se disant que cela ne signifiait rien, on pouvait déchirer une photo sous le coup de la colère sans devenir dangereux pour autant. Elle se représenta sa sœur recevoir un coup de téléphone qui la fâchait, et déchirer la photo... non, cela ne lui ressemblait pas, Miranda n'était pas violente, trop soigneuse. Elle aurait plutôt rangé la photo au fond d'un tiroir.

Alors, pourquoi avoir mutilé cette photo avec tant d'exécration ? Ce qui l'effrayait, c'était la haine que l'on devinait dans ce geste. Et pourquoi être venu jeter ces débris devant la maison de sa sœur ? Une pensée fulgurante traversa son esprit : qui avait pris cette photo, déjà ? Ah, oui, c'était Benedict Minklesham, l'été dernier, d'ailleurs elle était présente ce jour-là et il l'avait également prise en photo avec sa sœur et avec la petite, il avait photographié les chevaux, il lui avait envoyé plusieurs photos où elle se trouvait, elle les avait mises dans des cadres chez elle et en avait donné une à sa mère. Y aurait-il eu une dispute ... Mais non, il était trop intelligent, il avait trop d'affection pour Miranda pour agir aussi stupidement. Ils pouvaient s'être fâchés, mais il n'aurait pas agi comme un gamin... ou un individu primaire, brutal... à moins que ce ne fût une mauvaise blague, d'un lad, jaloux de voir « une fille jockey » réussir mieux que lui. Elle espérait que cette raison fût la bonne. Mais pourquoi une photo où figurait Emily ? Qui ?

LIVRE SECOND :
Allegro Agitato

I.

Juan Rodriguez rejoignit ses copains au *Repaire du Sanglier,* un bar plutôt moche qui servait aussi des repas pour les routiers et qui était situé sur la route nationale, entre Wroughton et Marlborough. Il descendit de sa petite moto, la mit sur la béquille centrale. Il se sentait bien, cet après-midi-là. D'abord, il avait quelques livres en poche ; ensuite, grâce au vieux jardinier de Mrs Mac Stroud, Gorham, il serait embauché dès la rentrée comme apprenti chez un grand pépiniériste de Swindon. Juan adorait tout ce qui touchait aux plantes et aux arbres ; sans le savoir encore vraiment, c'était le mélange de fragilité et de robustesse qu'offrait la nature végétale qui lui plaisait. Et comme, à dix-sept ans, on est souvent optimiste, il était certain de faire carrière dans ce métier. Cela le soulageait, il se reprochait d'être totalement à la charge de sa mère, qui l'élevait seule avec sa petite sœur et travaillait dans une fromagerie locale. Les fins de mois étaient souvent difficiles et il essayait toujours de gagner quelques sous par de petits boulots.

Il poussa la porte du bar. L'atmosphère fleurait bon les frites rancies et la bière tiédasse, de la sciure tapissait le sol. Au mur, une télévision datant du siècle dernier déversait des images plus ou moins nettes. Les tables et les chaises étaient en formica.

— Tiens, v'là l'torero ! La plaisanterie était facile, mais Juan n'aimait pas qu'on se moque de ses origines. Il s'approcha de l'insolent — un copain, prénommé Ben —, prit une voix la plus grave possible et grommela, roulant des mécaniques en essayant d'imiter Ernest Borgnine dans un western :

— Y'en a qu'auraient intérêt à planquer leurs abattis s'ils ne veulent pas les r'trouver à la fosse commune. Faut pas m'gonfler, sinon j'explose. Et quand j'pète, ça chie loin et fort. Du 22 LR, si tu vois c'que j'veux dire, mon p'tit gars ! »

La table fut ébranlée par les rires. Juan s'assit auprès des trois autres garçons, qui étaient à peu près du même âge que lui. Pas des loubards ni même des paumés, non, plutôt des gosses qui, lors des vacances, ne faisaient rien ou alors de petits boulots, restaient à Swindon-la-grise ou dans ses environs. Juan, parce qu'il travaillait plus régulièrement, faisait figure de chef de la petite bande. Il faut dire aussi que, dans sa tête, cela bégayait moins que dans celles de ses copains.

Après avoir bu leurs limonades, ils ne surent pas trop quoi faire. Il était plus de quatre heures et il restait de longs moments à tuer, si possible ailleurs qu'au *Repaire du Sanglier*.

— On va au moulin ? proposa Eliot, un adolescent brun, trapu, au visage souvent marqué de bleus — résultats des raclées que lui infligeait son ivrogne de père.

— Merde, fit Ben.

— T'as mieux ? répondit Juan. On va pas glander ici, non ? Et y'a rien aux cinoches de Swindon, j'lai vu c'matin.

— Et moi, j'ai pas un rond, acheva Kevin, un garçon au visage de fille.

— Toi, va te faire sucer. » Ben grimaça en disant ces mots. Mais ils finirent par se rallier à la proposition d'Eliot.

Ce qu'ils appelaient le moulin n'était qu'une ruine comme déracinée par un coup de vent violent, située en contrebas d'une des petites routes après Wroughton, près d'une ancienne voie ferrée. Une rivière avait sûrement coulé autrefois dans cette minuscule vallée, mais elle était maintenant réduite à un simple filet d'eau boueuse qui serpentait entre les ronces et prenait soin, comme par malice, d'éviter les pales de la roue de l'ancien moulin, réduite à des planches noirâtres qui jaillissaient d'amas de pierrailles. Les adolescents avaient accaparé la seule pièce encore vaguement intacte du bâtiment. Ils y apportaient de la bière, des cigarettes, s'asseyaient sur des caisses ou déambulaient entre les ruines. Tout autour, le terrain assez accidenté leur servait de parcours de moto-cross improvisé.

De la route qui zigzaguait en surplomb, on ne pouvait que deviner la bâtisse masquée par des arbres, mais ils prenaient quand même soin d'y venir par des chemins détournés qui leur permettaient de faire pétarader leurs motos. Précaution inutile, car nul ne savait à qui appartenait l'endroit. Il était là, c'était tout, offert aux rêves de quelques adolescents qui, au fond d'eux-mêmes, se savaient sans avenir, et se laissaient aller comme ce bâtiment en déshérence. Personne ne les dérangeait, sauf parfois, l'hiver, quelques sans-domiciles qui s'y protégeaient du froid ou du vent.

Ils arrivèrent comme à l'accoutumée en descendant à fond de train dans les taillis. Juan se paya une splendide roue arrière dans l'ancien lit de la rivière avant de ranger sa bécane derrière les ruines, imité bientôt par les trois autres. Puis ils contournèrent le bâtiment, Ben en tête.

— Oh, la chiotte ! Fit Ben en s'immobilisant.

Une voiture avait raté le virage qui surplombait l'ancien moulin et était venue s'écraser en contrebas. Le choc avait dû être d'une violence inouïe, car seul subsistait, déformé, l'habitacle. Le capot n'était plus que ferraille tordue.

« Y devait en tenir une bonne, le mec », songea Juan en s'approchant. D'instinct, il avait su que c'était à lui d'aller voir, d'en prendre la responsabilité. Les autres se tenaient en retrait. Juan arriva jusqu'à toucher la voiture. Il eut un hoquet en distinguant la silhouette d'un cadavre aux yeux glauques, puis il sentit sa gorge se nouer, son cœur s'emballer tandis que son estomac se convulsait pour éjecter la limonade prise tout à l'heure. Dans l'habitacle, il y avait du sang partout, des sièges au pare-soleil, presque séché, enduisant les cavités du tableau de bord. Et il y avait ce couteau planté dans le ventre du cadavre, que l'on avait fait remonter du bas-ventre à l'estomac. La blessure béait, des morceaux d'intestins maculaient les vêtements et débordaient sur le siège. Juan dut faire appel à toute sa volonté pour ne pas s'évanouir et rejoindre ses amis. Il tremblait en sortant son portable de sa poche. « La police, c'est quel numéro, déjà ? »

II.

Le thé, agrémenté de scones et de délicieuses pâtisseries, avait été excellent. Carolyn Mac Stroud savait recevoir, même si Quint-William la sentait sur la réserve.

Il se demandait d'ailleurs à quoi rimait cette invitation puisque son hôtesse n'avait été, jusque là, que parfaitement polie, mais sa bienséance restait conventionnelle, sans l'once d'une simple démonstration d'intérêt. Cherchait-elle à faire excuser sa relative impolitesse lors de leur brève rencontre dans le centre de Swindon ? Voulait-elle rattraper son empêchement à rencontrer l'enquêteur du yard chez leur ami commun Casey-Wynford ? Ou désirait-elle sonder ce policier un peu différent des autres ? Elle ne lui avait pas fait mystère de la récente visite de l'inspecteur Waynes, mais avait aussitôt orienté la conversation sur d'autres sujets, comme si cette intrusion n'avait été qu'une fugitive apparition dans la tapisserie de son existence. Bien plus tard, il se dirait que quelque force inconnue, manipulatrice, avait voulu qu'il soit présent à cette date, à cette heure, dans la maison de Croft Road, à tenir entre ses mains une tasse d'Earl Grey qu'il tournait nonchalamment en méditant, en s'interrogeant, malgré les échanges de la conversation. Ils parlaient de tout et de rien, et ce de la manière la plus urbaine. Rockwell aimait la voix de son interlocutrice, calme, mais vibrante. Il était sensible aux tonalités des voix, ainsi que nombre de musiciens. Mais cela n'aurait pas suffi pour retenir son attention ; or, celle-ci était en éveil d'une façon qui, si elle ne lui était pas inconnue, ne s'était pas manifestée depuis longtemps. Et il ne savait pas trop bien s'il s'agissait là d'un sentiment à accueillir ou à repousser. Il se rendait compte qu'il subissait la force attractive d'un magnétisme qu'il lui était bien impossible de définir clairement. Il avait l'impression de déchiffrer une partition très construite, très complexe, chargée en modulations, en traits pleins de virtuosité. Il se demanda si ce « charme » agissait avec chacun des interlocuteurs de Mrs Mac Stroud. Comment avait-il pu à ce point l'évacuer de sa mémoire, alors qu'il l'avait déjà subi lors de l'enquête sur la mort de son époux ?

Il lui parla de son écurie de courses, connaissant l'importance qu'elle y attachait. Elle sembla contente d'aborder ce sujet, se dit très contente de la performance récente de son cheval à Newbury, et lui fit l'éloge des qualités professionnelles de l'entraîneur Ted Lawkin, ainsi que de la jeune femme jockey Miranda Osquith, qui était devenue presque une amie. Une passion commune efface les différences de milieu, de niveau culturel. Sur un hippodrome, nous sommes tous égaux, termina-t-elle.

Il fut sur le point de lui demander si elle était heureuse dans son existence. Cela traversa son esprit à toute vitesse et, curieusement, il ne fut pas surpris de l'audace, de l'étrangeté de cette question, comme s'il avait eu le sentiment d'être un moment au-delà de toute surprise. Il eut envie de se secouer comme un chien trempé pour se connecter de nouveau avec le réel.

— Les alentours d'Avebury, disait la voix de Carolyn, sont si plaisants... C'est, je me souviens, entre Avebury, Devizes, Calne, Lockeridge, que je découvris la profondeur que recèle la campagne du Wiltshire. Nous n'étions alors que fiancés, et Edward m'avait emmenée en ces endroits.

J'ai vu les cromlechs d'Avebury avant d'aller à Stonehenge, la forêt de Savernake, dite de Merlin, les mystérieux agroglyphes[5] de la région, et je me suis toujours sentie attachée à ces lieux chargés de tout le poids de la tradition. Depuis, je me sens de quelque manière redevable à ces lieux, liée à eux, inexorablement. Vous ne trouvez pas cela un peu étrange ?

— Je pense que nous associons tous plus ou moins des souvenirs heureux à certains endroits et que nous aimons, en quelque sorte, y effectuer des pèlerinages. Par malheur, la plupart du temps, ces endroits ont été ou modifiés ou détruits... en dehors des lieux historiques protégés.

— Pas toujours. On m'a rapporté que les environs d'Allington n'ont pas changé.

— Vous n'y êtes donc jamais revenue ? demanda-t-il très étonné.

— Si, bien sûr, mais pas depuis longtemps. Je ne fais que passer en voiture, sur la route entre Swindon et Devizes.

Elle eut un léger mouvement de la tête, un peu mystérieux. Puis elle reprit :

— Je m'y sens liée, certes. Mais aussi, ces lieux me font un peu peur. Comme si certains esprits plus réceptifs que d'autres pouvaient y humer une présence étrange. Vous devez me trouver stupide, vous qui demeurez là-bas, ajouta-t-elle en réprimant un franc sourire.

— Absolument pas. C'est notre intelligence qui modèle les décors où nous évoluons.

Elle posa sur lui un regard troublé.

---

[5] Agroglyphes : traduction de « crop circles », motifs géométriques dessinés dans des champs de céréales et visibles du ciel.

— Vous avez sans doute raison... Mais cela est un peu terrifiant, ne trouvez-vous pas ?

Sur ce sujet, ils eurent l'un et l'autre beaucoup à dire et, pendant un bon moment, l'entretien prit un tour désordonné, ils semblaient voltiger sur un courant vagabond. Ils étaient deux esprits alertes, et Mrs Mac Stroud semblait enfin ne plus se retenir. À l'une de ses répliques, Rockwell la vit sourire franchement.

— Vous avez tendance à trop manier le pessimisme ironique, superintendent.

— Mais il vous fait sourire.

— Je n'en disconviens pas, mais...

— Vous me trouvez cynique ? Coupa le policier.

— Ah, peut-être, en effet, mais ce que vous vivez tous les jours dans votre milieu professionnel doit y être pour quelque chose... » Acheva-t-elle dans un murmure ambigu.

Le portable du superintendent fit entendre le début d'une symphonie de Mozart. Il mit quelques secondes à réagir, ayant changé la sonnerie la veille. En effet, elle était plus agréable. Mais du Mozart, alors que peut-être ce coup de téléphone annonçait... non, ne tirons pas de conclusion hâtive. Rockwell se sentit horriblement gêné de ce dérangement, s'excusa auprès de son hôtesse et se leva pour répondre, sortant dans le couloir. Par correction, Carolyn s'éloigna pour parler avec sa domestique.

C'était Seamus Casey-Wynford, mais il avait une drôle de voix. Rockwell sursauta en entendant ce que lui expliquait son ami. Il écouta, répondant par monosyllabes, et termina par « je vais y aller voir ».

En remettant son portable dans sa poche, il murmura « Mon Dieu... » et resta quelques instants debout, essayant de contrôler sa respiration alors que paraissait vouloir s'incruster devant ses yeux l'image d'un visage. Il se sentait glacé, comme s'il avait avalé des aliments surgelés en oubliant de les faire passer par le four. « Ces lieux me font un peu peur. » Pourquoi avait-il fallu que Mrs Mac Stroud dise quelque chose de ce genre-là ? Oui, pourquoi ? Il murmurait tout seul en revenant dans le salon. La maîtresse des lieux ne se trompa pas sur l'expression qu'arborait son invité.

— Quelque chose de grave ? De très grave, il me semble.

Il prit le temps de s'asseoir avant de répondre, afin de se donner une certaine contenance et de gagner quelques précieuses secondes afin de savoir ce qu'il pouvait lui dire.

— Un second crime, Madame...

Cela, il ne pouvait pas le lui dissimuler.

— Un deuxième, un autre... enfant ?

Il s'était plus ou moins attendu à de la surprise incrédule, ou horrifiée, à une avalanche de questions ou, au contraire, à une démonstration de l'emprise que cette femme avait sur ses émotions, mais pas à ce calme terrifiant, comme vide, qui flottait tout autour de son hôtesse. Un calme qui n'avait presque rien d'humain tant il semblait désincarné, le calme d'un psychopathe qui massacre avec bonne conscience, songea-t-il sans savoir pourquoi cette pensée lui venait à l'esprit. Il se la reprocha immédiatement.

La voix de Carolyn Mac Stroud parvint à ses oreilles. Il se reprit.

— Sait-on quand ce nouveau forfait a eu lieu ?

Il fut heureux qu'elle ne lui demandât pas immédiatement qui était la victime.

— Selon mon correspondant, notre ami Casey-Wynford, il a été découvert tantôt.

— Ah.

Une pause. Ensuite :

— Pensez-vous que le Yard va vous demander de vous occuper de l'affaire, cher ami ?

— En toute sincérité, je vous avouerais ne pas le souhaiter.

— C'est vrai, vous êtes en vacances.

Il n'y avait aucun sous-entendu dans cette phrase : c'était une simple constatation. Rockwell songea que le calme de son interlocutrice donnait un tour surréaliste à l'entretien : ils commençaient à deviser sur un ton de conversation mondaine d'un meurtre, d'un crime que l'ami du superintendent avait décrit comme particulièrement horrible. Une nouvelle fois, il eut l'impression d'évoluer dans une sorte de songe tout à la fois ouaté et écœurant. Puis la question qu'il redoutait arriva quand même :

— Savez-vous qui est la victime ?

Là, il mentit effrontément, un peu par scrupule professionnel, mais surtout pour ne pas lui porter un coup douloureux, il connaissait ses liens d'amitié avec la jeune fille :

— Seamus l'ignorait encore lors de son appel. En fait, il l'a appris par hasard, en passant près du lieu où... ce fut découvert et a vu la voiture de l'inspecteur-chef. Ce dernier lui a dit de m'appeler, il est possible que l'on me demande d'assister la police locale. Également, notre ami vous prie de l'excuser de m'avoir appelé alors qu'il savait que je me trouvais chez vous.

— Mais il était naturel qu'il veuille vous contacter. »

Rockwell ne se méprit pas sur l'intonation de son interlocutrice. Il était trop bien éduqué pour ne pas sentir chez elle une certaine lassitude qui lui commandait de prendre congé. Ce qui l'arrangeait, car il voulait aller au plus tôt chez son ami. Ces assassinats commençaient à l'intriguer, même s'il n'avait pas normalement à s'y mêler directement. Pourtant, d'une certaine manière, il était concerné. Et il connaissait la victime, qui ne l'indifférait pas...

Restée seule, Mrs Mac Stroud sonna afin qu'on enlevât les restes du thé, puis alla à un petit secrétaire en marqueterie, ouvrit l'abattant, fit jouer un tiroir, en sortit un cahier d'écolier dans lequel, depuis sa plus tendre enfance, elle avait pris l'habitude de consigner ses impressions sur la journée écoulée. Il y avait, dans ses appartements, une armoire fermée à clé qui contenait des dossiers où étaient rangés ces cahiers, car même si elle ne les relisait jamais — s'appesantir sur le passé lointain lui aurait semblé être une forme de faiblesse — elle répugnait à les brûler, ils faisaient partie de son patrimoine personnel, presque d'une façon génétique.

Lorsqu'elle dévissa le capuchon de son stylo, elle s'aperçut que ses mains tremblaient et qu'elle ne pourrait rien écrire. De nouveau, on frappa. Elle se recomposa aussitôt un visage impassible, et Alice Black, sa petite bonne, ne soupçonna jamais le trouble qui agitait sa maîtresse. Celle-ci lui demanda ce qu'elle voulait, intriguée par le trouble de la jeune fille. Car personne n'avait sonné ni téléphoné, ni la cuisinière ni le jardinier n'étaient sortis ou rentrés, et la jeune fille avait l'air troublée, gênée.

— C'est... j'ai quelque chose à vous dire, Madame, et je ne sais pas... enfin, c'est-à-dire...

— Allons, Alice, calmez-vous. Quelque chose de cassé ? Votre famille... Allons, dites-moi !

Carolyn fixa Alice avec gentillesse, et petite bonne parut retrouver son calme.

— Voilà, Madame. Je... je vous annonce que je vais me marier.

— Mais c'est une excellente nouvelle, cela ! Je suis ravie pour vous, ma petite Alice.

— Vrai, cela ne vous dérange pas ?

— Mais pourquoi cela me dérangerait-il ? Vous pensez quitter votre place ?

— Oh non, certainement pas, de nos jours, ce n'est pas recommandé. Évidemment, je vais d'abord m'installer avec lui, il a trouvé un appartement pas loin. Donc, je vais vous donner notre numéro de téléphone fixe, le portable ne change pas. Je viendrai travailler tous les jours, vous pourrez compter sur moi, je suis bien ici.

— Mais pas de problème. Et qui est l'heureux élu ?

Alice Black prit son temps avant de répondre, puis les mots se bousculèrent dans sa bouche :

— C'est Harry Cowell. Il a un bon métier. Il était à l'école de police, et il vient d'être nommé ici, à Swindon, alors on s'installe tous les deux. Voilà. Mais je craignais que vous ne soyez agacée, avec tous les policiers qui font des enquêtes et vous demandent des choses, c'est énervant qu'il y ait encore un policier parmi les gens que vous voyez souvent.

— Mais non, voyons, ils font leur travail. En tous cas, je suis ravie pour vous. Eh bien, de temps en temps vous me parlerez de lui et de son métier. Car il doit travailler sur des choses passionnantes, n'est-ce pas ?

III.

Ce fut juste au moment où il allait se glisser entre les draps que Benedict Minklesham se rendit compte que le sommeil ne viendrait pas. Il ramassa sa robe de chambre, la renfila et demeura assis sur le rebord du lit, les jambes ballantes. Dans la pièce d'à côté, il devinait plus qu'il n'entendait Aurore — elle ne voulait plus qu'on l'appelle Josiane — tourner les pages d'un livre. Il ne se souvenait plus très précisément quand ils avaient décidé de faire chambre à part, mais c'était juste après leur mariage, peut-être dès leur venue ici, à Mulberry's Manor. Cela s'était fait tout naturellement, car ils avaient tous deux besoin d'avoir leur content d'intimité et de solitude. Explication commode, facilement acceptée de part et d'autre.

En fait, ils savaient bien qu'il y avait autre chose, qu'aux approches de la nuit un fantôme venait se glisser entre eux. Minklesham espérait, un peu vainement, que lui seul était capable d'identifier cet ectoplasme, qu'Aurore ignorait tout de lui. Non pas qu'il gâchât vraiment leur mariage — en réalité, y avait-il réellement union ? –, mais il installait entre eux l'illusion perfide qu'une sorte de tragique envoûtement devait les faire passer l'un à côté de l'autre sans qu'il leur fût possible de briser cette perversité. Il ne s'agissait pas uniquement de la chair, Minklesham accomplissait un devoir, fort agréable certes, mais il avait perpétuellement le sentiment qu'il s'agissait d'une obligation, quasi mondaine, de quelque chose « qui se faisait entre gens de bonne compagnie », mais qui restait un devoir social et moral. Et les émois sexuels d'Aurore restaient plus ou moins limités à des réactions assez enfantines qu'elle ne cherchait nullement à approfondir, ni même à dévoyer. Sans doute faisait-elle son devoir, elle aussi. Il espérait que ce ne fût pas un pensum. Non, tout de même ! Mais il s'agissait des germes d'un malaise enraciné au plus profond de leurs esprits et de leurs corps qui, s'il ne menaçait nullement leur pleine entente, les réduisait à tenir le rôle dénué de toute passion d'amis « de bonne compagnie ».

Il alla s'accouder à l'appui de la fenêtre. La nuit était de jais, sans lune. Il repensa à son épouse, à leurs premières rencontres, leurs premières joutes verbales durant lesquelles ils s'étaient révélés si complices. Tout cela n'était pas terni, heureusement. D'un geste familier, il releva une mèche qui pendait sur son front tandis qu'il revoyait ce jour où il avait été tout près de lui avouer qu'entre elle et lui, il y aurait pour longtemps, pour toujours peut-être, la vision d'une femme aimée. Parfois, il lui semblait qu'Aurore avait deviné et s'accommodait de la situation pour ne pas nuire à leurs relations, à leur situation sociale. En revanche, à d'autres moments elle ne paraissait pas consciente des vains efforts qu'il faisait pour oublier ce souvenir qui agissait comme une drogue dont il serait impossible de désintoxiquer l'organisme, sauf en employant des procédés barbares.

Pourtant, quelqu'un a fini par la tuer.

Parfois, lorsqu'il arpentait les jardins splendides, le parc ombreux de Mulberry's Manor, qu'il traversait les pièces au mobilier somptueux mis en valeur par un cadre qu'il avait conçu, il pensait avec une certaine amertume que rien de ce qu'il avait créé dans ce lieu jadis battu par les vents ne l'avait été pour Aurore, mais bien pour *l'autre*. Il s'en voulait alors terriblement, de manière un peu enfantine, comme un collégien qui reçoit une bonne note en ayant copié, il s'en voulait de n'avoir à lui apporter que son affection, et pas même toute la puissance affective dont il se sentait capable. Il aurait voulu lui offrir quelque chose de concret, de matériel, que son esprit ou ses mains auraient façonné. Mais *l'autre* tenait encore trop de place pour qu'il lui fût possible d'agir ainsi, elle lui causait encore trop de regrets enfouis, de chagrins tardifs.

Miranda...

Il ne l'aimait plus vraiment, mais ne pouvait la chasser de son âme. Cela tenait peut-être à ce qu'avant de l'aimer, il avait commencé par la prendre en pitié. Elle était alors un être fragile dont la solitude avait fini par déteindre sur la sienne. Peu à peu, ils s'étaient découvert des goûts communs, des opinions partagées. Son inculture n'avait jamais été pour lui un problème bien qu'il sentît qu'elle, par contre, souffrait de ne pouvoir se hisser à son niveau intellectuel, et cela la renforçait dans son sentiment d'infériorité. Ce mélange d'intérêt et de commisération avait fini par engendrer de sa part un amour presque violent, obsédant, qu'il n'avait jamais cherché à fuir, qu'il avait même entretenu. Combien de fois s'était-il vu accomplir des tâches professionnelles ou divertissantes en se disant : ah, si elle était à mes côtés... Même s'il n'ignorait pas qu'elle ne pouvait ni le suivre dans ses emballements pour une œuvre de l'esprit ni lui renvoyer de tels élans amoureux, trop discrète, trop timide... et une partie de son cœur pris ailleurs. Ce qui, de sa part, n'était ni de la duplicité, ni de l'hypocrisie, mais une impossibilité de son esprit de dissocier d'un ensemble harmonieux les deux hommes qu'elle aimait, certes de manière différente, mais dont elle présageait qu'une rupture d'avec l'un ou d'avec l'autre aurait entraîné un déséquilibre dans l'univers qu'elle s'était créé. Et aussi, pouvait-elle décider ? Elle ne savait pas, elle n'osait pas, elle avait peur… Ce double appui la rassurait…

Mais quelqu'un lui a planté un couteau dans le ventre.

Le plus étrange était qu'elle n'avait jamais été la maîtresse de Benedict. L'aurait-elle supplié de le devenir qu'il ne l'aurait pas touchée, sans doute par peur de briser une magie, plus sûrement encore par crainte, sachant trop bien que s'il avait refermé ses bras sur elle, il n'aurait jamais pu les dénouer, il l'aurait emprisonnée, et peut-être ne le lui aurait-elle pas pardonné. Et il savait qu'elle n'avait pas été la maîtresse de l'autre. Le jour où il l'avait fait pleurer, elle se serait défendue, sans doute aurait-elle parlé à Benedict. Au lieu de cela, elle s'était cachée dans la grange pour garder son chagrin secret. Ne sachant pas comment garder intact le mur qu'elle s'était créé avec ces deux hommes… et y en avait-il d'autres ? Avait-elle besoin de se bâtir une citadelle avec les sentiments des autres ? Non, pas consciemment, du moins.

Il bâilla, s'aperçut qu'avec la fraîcheur nocturne, sa peau se hérissait de chair de poule qu'il voyait gagner progressivement ses avant-bras, ses mains, comme une gangrène. Il n'y avait pas que le froid de la nuit, il y avait une forme subtile d'angoisse qui créait cet état physique. Ses nerfs lui parurent se mettre à vibrer dans son corps, et l'inquiétude diffuse qu'il éprouvait se mua en peur moite qu'il craignit de ne pouvoir raisonner, contrôler, comme si, s'échappant de lui, elle allait irradier toute la chambre, la transformer en un mausolée de terreur. Il serra les poings à se les briser.

L'impression disparut aussi vite qu'elle était venue, le laissant physiquement exsangue comme s'il venait d'accomplir un effort hors du commun, mais ayant ancré dans son cerveau l'affreuse certitude qu'un malheur venait de se produire. Il songea qu'un enfant qui rêve d'une entité monstrueuse tapie dans son placard, qui s'éveille de son cauchemar, va vérifier que rien de dangereux n'occupe le placard, et qui y découvre la hideuse créature de son songe, devait éprouver le même sentiment que celui qui le tenaillait : une sorte d'au-delà de la peur. Hésitant comme l'enfant, il ouvrit la porte de la chambre d'Aurore. Elle s'était endormie sur son livre, ses longs cheveux pâles répandus sur les draps sombres. Non, il n'y avait rien dans le placard.

Alors, pourquoi a-t-on tué Miranda ?

IV.

Quint-William Rockwell savourait avec un plaisir rare le fait de n'être pas officiellement mêlé à cette affaire qui secouait Swindon et de n'avoir à s'en préoccuper qu'en dilettante, à la manière d'un détective amateur. Il était allé de lui-même proposer son aide à l'inspecteur principal Peter Hyatt, à la condition qu'on en voulût bien. Les deux hommes s'estimaient, se respectaient, mais ne s'aimaient guère. Finalement, Hyatt avait accepté et, lui donnant quelques précisions, lui avait demandé s'il pouvait venir lui donner son opinion sur le crime. Avant d'aller le voir, il avait dressé pour son usage personnel une petite liste des événements, où il avait réuni et tenté de trier et de mettre en ordre chronologique ce que lui avait appris Hyatt, les explications de Casey-Wynford, et une communication téléphonique qu'il avait eue avec Carolyn Mac Stroud :

- Meurtre d'un nouveau-né.

- Appel téléphonique « mystérieux » et anonyme à Watermead.

- Disparition de deux épingles de cravate chez Carolyn Mac Stroud.

- Absence de Benedict Minklesham à la réception de Casey-Wynford.

- Assassinat de Miranda Osquith.

Il était bien conscient que beaucoup d'éléments lui échappaient. On n'en était qu'au tout début de l'enquête, et Hyatt ne lui avait pas donné beaucoup de détails. Rockwell se demandait ce que l'inspecteur chercherait à lui cacher, car il n'y avait aucun doute, il entendit se dépêtrer seul de cette affaire, sans avoir officiellement recours au Yard. D'une certaine manière, Rockwell l'approuvait, sans toutefois le comprendre, car il voyait dans cette attitude un orgueil que seule contrôlait une extrême prudence. Mais il connaissait les qualités de l'inspecteur principal, même s'il lui manquait l'esprit de finesse capable de lui faire envisager autrement que concrètement les insidieux rouages psychologiques qui entraînaient un meurtre ou en découlaient.

Il rejoignit Hyatt dans son bureau. Il conversait avec le sergent Sheila Rebbott, une policière méthodique, voire routinière, qui abordait tous les problèmes rencontrés, depuis le stationnement illicite jusqu'au meurtre avec préméditation en passant par les vols à la tire et la conduite en état d'ivresse avec la même application toute scolaire, sans états d'âme ni imagination. Une bonne fonctionnaire, appréciée de l'équipe pour sa bonne humeur perpétuelle, venant sans doute de ses origines antillaises, et qui vouait une admiration sans bornes à ses supérieurs et surtout à l'homme du yard qu'elle considérait comme le Messie venu laver le monde de ces horribles crimes. Rockwell la salua amicalement, lui rendant son sourire communicatif. Une personne détendue, amène, cela ne faisait pas de mal dans ce groupe plutôt morose.

On frappa à la porte et le Docteur Flynn les rejoignit, salua d'abord Quint-William — ce qui parut déplaire à Hyatt.

— Alors, Docteur, demanda-t-il sèchement, cette autopsie ?

— Le macchabée le plus mystérieux que j'aie jamais vu de ma carrière ! Cela dit, l'heure de la mort, sous réserve de plus amples recherches, peut être située entre 20 heures et 21 heures. La blessure a été faite en remontant, du bas-ventre à l'estomac, et est d'une profondeur moyenne de huit centimètres sur un ou deux millimètres de large à sa base, car, en remontant, l'assassin a retourné le couteau dans la plaie.

— L'arme ? demanda Hyatt.

— Probablement un couteau suisse du genre « Opinel ». Longueur de la lame : à mon avis, environ douze centimètres. J'ajoute pour votre gouverne, inspecteur, que le nouveau-né retrouvé mort il y a quelques jours a sans doute été éventré par une arme du même modèle, mais à la lame plus courte. Les spécialistes préciseront. Laissez-moi finir mon rapport, maintenant. Bien. Examen de ce qui restait des viscères : restes d'un repas presque entièrement digéré et traces de vin blanc. Sinon, cage thoracique enfoncée, divers traumatismes faciaux, fractures au nez et à la mâchoire, fracture de l'épaule droite — le corps a dû se pencher de côté lors du choc.

— Je sais, docteur, que ce n'est pas vraiment de votre ressort, mais pouvez-vous nous donner une idée de la vitesse approximative à laquelle roulait la voiture avant de se fracasser ?

— Hum ! Que disent vos experts en carrosserie, Rebbott ? Enfin, pour vous faire plaisir, je dirais que la voiture devait rouler à entre cent et cent trente kilomètres à l'heure. Trop vite pour cet endroit, donc, route étroite, tournant plutôt sec signalé, il commençait à faire sombre. Mais il faut attendre les conclusions des spécialistes.

Hyatt desserra sa cravate, posa ses coudes sur son bureau et observa un instant de pause, comme s'il voulait comprendre et mémoriser parfaitement les dires du médecin. Sheila Rebbott prit la parole.

— Pardon, docteur, mais — je sais, question sûrement stupide — le coup a-t-il pu être porté alors que la victime conduisait ? Physiquement, j'ai l'impression que cet assassinat n'aurait pas pu être commis.

— Je le confirme, répondit le légiste. Éventrer de bas en haut une personne assise au volant est pratiquement impossible. Il aurait fallu que son agresseur se penche sur elle pour faire usage de son bras gauche. Or, le coup a dû nécessiter, dans ce cas, une force peu commune. De plus, comment imaginer que Miranda — tiens, pourquoi l'appelle-t-il par son prénom ? se demanda Rockwell — n'ait pas vu le couteau être sorti ? En imaginant qu'elle ait deviné les intentions de son passager, cela aurait pu entraîner une sortie de route. Et là, vous auriez deux cadavres sur les bras, car la gosse est si salement amochée que le passager serait lui aussi décédé. À moins d'être en béton armé.

Il y eut un petit silence, extrêmement gênant.

— Vous avez omis de nous dire, cher ami, si la blessure était mortelle, intervint Rockwell.

— Ciel, oui, inadmissible de ma part, je l'avoue, fit le légiste en souriant. Pour vous répondre, j'affirme que oui. À moins qu'elle n'ait été exécutée sur une table d'opération, et encore, ç'aurait été par un chirurgien débutant.

L'humour du médecin à l'égard de tout ce qu'il respectait commençait à indisposer l'inspecteur. Il demanda si le coup avait pu être porté avant la sortie de route.

— Vous voulez dire avant que l'on ne charge le cadavre de Miranda dans sa voiture ? Oui, à condition de faire vite. Aucune personne n'aurait pu sauter du véhicule à une telle vitesse à cet endroit. Et pourquoi arranger alors un tel accident ?

—Et post mortem ?

— Possible là encore. À la condition que le meurtrier ait attendu le véhicule au point précis de sa chute, car il n'aurait disposé là aussi que de quelques petites minutes pour que cela échappât à mes charcutages et aux analyses. Le sang aurait été coagulé s'il l'avait fait longtemps après. C'est peu vraisemblable.

— À propos d'analyses... commença Hyatt avant de se perdre dans ses pensées. Ou comme s'il voulait chasser de son esprit l'abîme qu'il sentait s'y creuser.

— Oui ?

— A-t-on fait le test d'ADN ?

— Il est en cours. Pourquoi ?

— Je pensais au nouveau-né, docteur.

— Je vous arrête tout de suite, inspecteur. La fille était vierge, tout ce qu'il y a de plus pucelle. Je suis certain que le test le confirmera.

— À cet âge ? Il y en a encore ? ne put s'empêcher de dire Rebbott.

— Je la connaissais un peu, je l'ai soignée quand elle était gosse, dit le médecin tandis que Hyatt levait les yeux au ciel en regardant de travers la policière. Elle était assez tardive physiquement. L'examen me l'a confirmé, un développement hormonal assez faible.

L'inspecteur eut un geste d'impuissance avant de regarder ailleurs, comme en proie à une intense réflexion.

— En résumé, Messieurs et Madame, fit Flynn, une fille de vingt-trois ans saine et robuste, qui devait parfois boire un coup de trop, mais n'avait pas le sida ni d'autre maladie et qui vient d'être assassinée de manière sauvage et mystérieuse. Je ne voudrais pas être à votre place.

— Encore une chose. Le coup aurait-il pu être porté par une femme ?

— Tout est possible, Rebbott. Vous devez, hélas, vous contenter de cette réponse.

— Et l'hypothèse — je sais, c'est idiot — d'un suicide ?

Flynn regarda la policière avec tant de commisération que celle-ci baissa les yeux et allégua qu'elle se devait de rechercher toutes les possibilités. Elle eut brusquement l'air d'une gamine prise en train de voler des confitures et regarda ailleurs. Le médecin s'adressa à Rockwell :

— Restez-vous avec vos collègues, mon ami ? Dans le cas contraire, j'aimerais vous offrir un verre avant de rédiger mon rapport.

— Si personne n'a encore besoin de moi, c'est une perspective qui n'est nullement désagréable. »

En les regardant partir, Hyatt comprit tout ce qui le séparait de ces deux hommes qui maniaient l'humour et l'urbanité même dans les cas les plus douloureux. Jamais il n'aurait cette désinvolture que donne le lignage ou l'éducation. Fils d'un paysan du Devonshire, il avait connu les corvées après l'école, les matins frileux, les repas familiaux où la radio — pas encore la télévision — remplace la conversation, les coups de badine lorsque ses notes n'étaient pas excellentes ou quand il avait oublié un travail à la ferme. Il était entré dans la police comme simple agent et avait gravi les échelons lentement, péniblement. Il aurait pu être fier de son ascension, mais cette enfance, qui lui pesait comme un fardeau , lui rendait extrêmement proche cette petite morte que Flynn et le superintendent paraissaient traiter avec une légèreté qui le hérissait. Il lui aurait été difficile de flairer que ces deux-là agissaient ainsi pour masquer soit un chagrin, soit autre chose de plus diffus. Vingt-trois ans. Elle aurait pu être ma fille.

Il eut envie de se remuer, de faire quelque chose. Mais, pour l'instant, il devait attendre les différents rapports avant de lancer une nouvelle action. Il alla à la machine à café, remplit une tasse d'un breuvage qu'il trouva fadasse, comme d'habitude. Puis il interpella Rebbott :

— L'enquête de voisinage ?

— Rien. Pas de conflit avec des voisins qui la disaient d'une parfaite discrétion et qui n'ont rien remarqué d'anormal dans son comportement avant le meurtre. Vous savez qu'à la campagne, tout le monde s'épie peu ou prou. Mais une fille qui se lève à quatre heures du matin, a un boulot physique, retravaille l'après-midi et ne reçoit personne, à part sa sœur de temps en temps, qui ne met pas sa télévision à plein volume et qui a une voiture ordinaire, pas une moto trafiquée et bruyante, c'est quelqu'un de bien. J'ai entendu davantage dire du mal de la serveuse qui habite trois maisons plus loin, parce qu'elle travaille la nuit et se lève à midi. Je connais ça aussi, un travail de nuit, ce n'est pas convenable, et un travail intellectuel, c'est pour les feignants. Donc, elle, c'était « une fille bien ». À son travail, une employée très estimée par son patron. Elle commençait à se faire un nom comme jockey, Mrs Mac Stroud l'appréciait beaucoup et tenait à ce que ce soit elle qui monte ses chevaux en course.

— Avec l'entraîneur, pas d'aventure ?

— Oh non, cela se serait su. Et Ted Lawkin est très épaulé par sa femme qui a été elle-même jockey, et qui aimait beaucoup Miranda Osquith.

On pouvait faire confiance à Sheila Rebbott pour ne rien laisser au hasard. Peter Hyatt lui enjoignit de poursuivre.

— Du côté des bookmakers de Swindon, Marlborough ou Trowbridge, à première vue le vide. Il faudra que je creuse un peu, mais son compte en banque ne présente rien d'anormal. Elle n'avait pas de goûts de luxe, ni même féminins, si vous voyez ce que je veux dire. Elle s'habillait simplement, empruntait des livres à la Bibliothèque Municipale, et sa maison est mesquinement meublée. Quelques beaux objets, je ne suis pas experte, mais il me semble qu'ils ont de la valeur, sans doute des cadeaux, un objet d'art avec la mention « meilleur apprenti de l'année », vous voyez.

— Donc, dans la maison, pas d'indice ?

— Non. J'ai consigné tous les détails dans mon rapport, mais si vous voulez en prendre connaissance tout de suite...

— Non, pour l'instant, je ne veux que l'essentiel. L'essentiel. »

Il martela le mot. Puis il interrogea Rebbott sur la famille de la victime, tout en se disant qu'il ne devait guère y avoir de chance pour qu'un de ses membres ait pu commettre le crime, ce que confirma la policière. Les parents étaient effondrés et avaient des alibis inattaquables, les frères et sœurs aînés étaient dispersés dans le pays et on avait vérifié leurs emplois du temps. De tout cela, il transparaissait que le seul lien solide qu'ait pu avoir la morte, c'était avec sa sœur cadette Victoria. Il aurait pu y avoir entre elles des rivalités, des jalousies, des haines d'enfance bien recuites. Mais Victoria était le soir du meurtre dans un pub de Watchfield, au-delà de Swindon, avec son boy-friend et toute une bande de jeunes, participant à une soirée karaoké. Mais cette soirée n'a commencé vraiment que vers 21 heures, il peut y avoir un doute.

— Vous tâcherez d'en savoir plus, car ladite Victoria était chez sa sœur l'après-midi du jour où elle a été tuée. C'est quand même troublant. »

L'inspecteur Waynes fit son entrée. Son supérieur l'avait chargé de diligenter l'enquête menée sur le terrain aux environs d'Avebury, endroit que Waynes connaissait sur le bout des doigts. Au surplus, Hyatt n'ignorait pas que ce grand costaud, sous des dehors lents, cachait une certaine finesse d'esprit et ne s'arrêtait pas qu'aux faits. Peter était suffisamment réaliste envers lui-même pour ne pas ignorer qu'il pouvait précieusement compléter l'équipe que lui-même formait avec Sheila Rebbott.

— Alors, Waynes, l'arme du crime ?

— Comme pour le nouveau-né, Monsieur : introuvable. Pas d'indices non plus. Si seulement le terrain avait été boueux ! »

Hyatt garda le silence. Nous ne pouvons pas mener cette enquête comme une autre, lui souffla une petite voix. Il y a trop de choses indiscernables. Le bébé, puis la jeune femme, tout est lié, sûrement. Il y a trop de choses dingues. Tu le sens. Trop de choses en jeu. Qui conduisent à l'abomination. Et ce n'est peut-être pas fini.

Il regarda alternativement Waynes et Rebbott.

— Tant que nous ne saurons pas comment a pu se dérouler un tel crime, fit-il d'une voix lointaine, presque hantée, il nous sera d'une certaine manière vain de tenter de savoir l'identité du salopard qui a pu combiner tout cela. Ce qui n'exclut cependant aucune recherche. *Comment*, d'abord, *qui*, ensuite. Chacun dans votre domaine, continuez vos investigations. Et magnez-vous le cul.

— Et vous, patron ? demanda Rebbott.

— Moi ? Je vais m'occuper des amis de cette gamine. Trop de gens étrangers à son milieu la connaissaient. Comment se fait-il que cette fille de vie et d'apparence anodine ait pu tisser autour d'elle une toile où s'entremêlent des gens aussi divers que, par exemple, Mrs Mac Stroud ou le juge Casey-Wynford ?

— Pour Mrs Mac Stroud, la petite Osquith montait ses chevaux, elle était son jockey attitré, dit Rebbott, qui était turfiste.

— Oui, l'inviter avec l'entraîneur et sa femme, je veux bien. Mais elle allait jusqu'à la recevoir en tête-à-tête chez elle, et ce assez régulièrement.

— Vous pensez qu'il y avait quelque chose entre elles ? sursauta Waynes. Mrs Mac Stroud avec...

— Je ne dis rien jusqu'à avoir une preuve, au moins un indice. Donc, à la rigueur Mrs Mac Stroud, et aussi ce producteur de films... Minklesham, c'est ça, il a aussi des chevaux de courses. Mais le juge Casey-Wynford ? Oui, il a un cheval, mais un simple cheval de selle, pas une écurie de courses. Elle n'a pu ensorceler tous les propriétaires de chevaux du Comté.

— Vous la voyez comme une sorte de femme fatale ? ironisa Waynes.

— Elle en a eu la mort. »

Sheila Rebbott ouvrit la bouche, se ravisa et se tut. D'un coup, elle n'avait plus envie de plaisanter, sentant son supérieur touché au plus profond de lui-même. Elle se demanda pourquoi.

V.

Emily Page savait tout du meurtre par sa copine de classe Marisa, la sœur de José Rodriguez, qui avait découvert le cadavre. À la récréation, la copine avait raconté cela devant un cercle de fillettes horrifiées, mais ravies d'être témoins — pas tout à fait, mais presque — d'un crime, et c'était encore mieux s'il était horrible et perpétré sur une personne seule, anodine en apparence, comme dans un épisode d'un feuilleton. Revenant de l'école, Emily avait accompagné sa camarade chez elle, et demandé des détails à José. Bien sûr, celui-ci avait dû en rajouter un peu, encore sous le coup de l'émotion et d'une certaine jubilation... ou était-ce de la panique ? Au moins de l'énervement. Devant ses camarades, puis devant José et Marisa, elle n'avait pas réagi, seulement montré de l'intérêt. Mais, en revenant seule chez elle, elle avait été saisie de peur, cette peur incompréhensible de la mort frappant un être jeune et qu'elle connaissait bien, et elle avait ressenti la crainte d'être elle-même atteinte par la Faucheuse, par ce monstre qui rôdait dans la région. Elle était rentrée chez elle en larmes et avait tout expliqué à sa mère qui était restée auprès d'elle jusqu'à ce qu'elle se couche et avait ensuite téléphoné à son mari. Emily s'était endormie et n'avait pas entendu la conversation.

Le lendemain, les larmes évaporées, elle avait pris conscience que la mort de Miranda créerait un vide aux Granges, mais que cette absence ne lui serait pas particulièrement déplaisante. Elle s'était habituée à la jeune fille, mais sans toutefois éprouver à son encontre de l'affection venue du cœur, surtout depuis qu'à cause d'elle ses parents s'éloignaient l'un de l'autre. Objectivement, avant que sa mère ne parte de la ferme, elle avait eu un peu d'amitié pour Miranda, qu'elle considérait un peu comme une grande cousine plutôt gentille avec elle. Mais, depuis la séparation, elle s'était mise à la haïr.

Dans son esprit d'enfant peu rompu aux subtilités ou aux violences des sentiments, la jeune fille avait fait trop de mal autour d'elle. Sans le vouloir, peut-être, mais le résultat était là : elle avait blessé un père qu'elle idolâtrait — sans le lui prouver souvent —, elle avait rendu malheureux Benedict Minklesham, qu'elle aimait beaucoup, elle avait fait fuir sa mère, et elle avait probablement désespéré d'autres personnes. Emily se rendait compte que pas mal de gens auraient pu vouloir la tuer. C'était en elle une impression confuse, mais certaine. Elle-même n'avait elle pas parfois songé : et si Miranda n'avait jamais existé, ou si elle disparaissait ?

Ou même pire : si Papa s'en débarrassait définitivement ? Non, il n'en aurait pas eu la volonté ni le courage. Mais... elle eut brusquement envie d'uriner tant le vertige qui la saisissait était violent, elle faillit crier, là, seule dans la cuisine, devant l'évier où s'empilaient les restes du petit déjeuner avec des mouches qui tournaient autour.

Elle se précipita aux toilettes. Ouf, il était temps. Quand elle sortit, soulagée, l'impossibilité que son père ait pu commettre un tel acte lui apparut. D'accord, il avait aimé Miranda, sinon pourquoi divorcer d'avec Fay ? Ensuite, avec sa franchise d'enfant, elle ne le croyait pas suffisamment intelligent ou roué pour élaborer un crime que José lui avait décrit comme très habilement réalisé. Enfin, même très en colère, il était incapable de brutalité et encore moins de cruauté. Il ne lui avait jamais donné une fessée, même quand elle avait fait une grosse bêtise, il n'avait jamais même seulement esquissé le geste de lui donner une gifle. Avec les animaux, il restait très calme, et il lui avait bien expliqué que l'énervement de l'homme se transmet aux animaux. Quand un cheval se montrait rétif ou s'affolait, il attendait que l'animal se soit calmé, sans rien faire, avec seulement des paroles apaisantes, évitant simplement que l'animal ne se blesse ou ne blesse quelqu'un. Et parfois, cela durait longtemps, il savait attendre.

Revenant dans le salon, elle passa dans sa chambre pour y prendre ses affaires de classe. Elle se trouva stupide et méchante de s'être ainsi laissée aller à développer de telles suggestions. Mais elle ne pouvait chasser de son esprit le fait que son père n'avait pas été aux Granges en cette fin d'après-midi de septembre. Mais attention : pour ne pas gêner leur enquête, les policiers pouvaient dissimuler la vraie date de l'assassinat. Elle l'avait vu dans un téléfilm policier. Et puis, elle ne croyait qu'à moitié ce que racontaient la radio ou la télévision. C'était une petite fille raisonnable.

VI.

Tandis que la police travaillait, tandis que la petite Emily Page ne pouvait s'empêcher de se préoccuper de la situation, Laura Gerson demeurait exsangue sur son lit. Ce n'était pas le rappel de son viol venu la visiter durant la nuit : quand cela se produisait, jamais ce songe n'avait été aussi précis, aussi abominable. Elle n'avait jamais imaginé qu'il puisse exister un cauchemar pire. Et c'était arrivé. Ce à quoi elle pensait la mettait dans un état où il lui semblait que son corps se livrait à une fausse mort en se vidant de toute substance charnelle : elle avait la certitude de connaître le meurtrier.

Au retour de la réception donnée à Laurel's Cottage — après le départ précipité d'Aurore, nul ne s'était vraiment attardé —, Ralph l'avait déposée à Dagog Corner, puis était allé, lui avait-il dit, acheter les journaux et des cigarettes dans une boutique qui ouvrait tard le soir à l'entrée de Swindon. Il n'était revenu que plus d'une heure plus tard. Elle ne pouvait donc que très sérieusement le soupçonner, d'autant plus qu'elle n'ignorait pas que les pulsions les plus violentes, les plus incontrôlées, de son frère se manifestaient alors qu'il arborait un aspect aimable, voire jovial. Dans son imagination, elle le voyait agresser la jeune fille, celle-ci se défendre, et le peintre lui porter le coup fatal. Eût-elle connu tous les détails du meurtre, car elle n'en avait été informée que par ce qu'en avaient dit les médias, qu'elle n'eût pas raisonné autrement.

Ralph *devait* être coupable, quel qu'ait été son motif. L'agression sexuelle, si elle demeurait le mobile le plus vraisemblable, n'était pour elle qu'une des raisons qui auraient pu pousser son demi-frère à agir de la sorte. Elle connaissait trop les arcanes de l'esprit tourmenté du peintre pour ne pas en envisager d'autres, plus imprégnées de subtilité, mais tout aussi horrifiques par ce qu'elles dévoilaient. Elle songeait à des trappes que l'on soulève et qui dévoilent un monde grouillant de vermine.

Il y avait d'abord la toile, cette peinture maudite que l'artiste avait voulue ainsi, portrait d'une condamnée peinte par celui qui allait l'immoler. Laura ne s'était pas méprise sur la qualité extraordinaire de cette peinture, peut-être ce qui était sorti de plus grand de l'art de Ralph. Le modèle pouvait-il survivre à l'achèvement de l'œuvre ? Dans l'esprit enfiévré de la jeune fille, il ne lui paraissait pas concevable que le créateur de ce chef-d'œuvre puisse laisser vivre aux yeux de tous ce qui avait été l'essence même d'une expression artistique poussée à son paroxysme. Et c'était là le genre de réflexion que pouvait engendrer le pauvre cerveau malade de son frère.

Jamais Ralph n'aurait pu avoir le courage d'avouer ce que son art devait à la réalité, que même ses créations les plus abstraites ne pouvaient nier qu'elles étaient issues d'un monde concret que l'artiste, et non l'homme, avait en horreur, mais qui le poursuivait et lui coûtait tant de déchirements. Mais cette fuite éperdue n'était-elle pas la marque de son génie, et l'accomplissement de ce génie pouvait-il pousser tout à la fois l'artiste et l'homme, pour une fois réunis, jusqu'au crime ? Laura le croyait, même si une autre hypothèse se faisait jour dans son esprit. Malgré l'aura maléfique qu'il avait donnée au visage de Miranda, Ralph ne s'était-il pas épris de celle qu'il peignait dans le noir, n'ayant devant le regard que ces traits graciles, les redoutant peu à peu, car sachant qu'ils le vaincraient sans qu'il puisse fermer les yeux puisque l'œuvre devait s'accomplir ?

Ce visage, ce beau visage, n'avait-il pas été tenté de le piétiner en n'ignorant pas qu'il s'imposerait peut-être plus qu'à son art, qu'il envahirait tout son être, qu'il cesserait d'être un rêve pour devenir un possible avenir ?

Comme jamais Ralph n'avait toléré, hormis sa sœur, le moindre attachement qui eût pu nuire à son art — et l'amour était de ceux-ci —, le meurtre n'était-il pas en train de s'écrire alors que le pinceau glissait sur la toile ? En d'autres termes, Gerson n'avait-il pas extirpé de son univers le seul être capable de tarir la source à laquelle s'abreuvait sans répit son talent ? Cet inconcevable égoïsme d'artiste ne lui eût pas paru choquant ou amoral : s'il venait de pousser à la perfection la destinée de son art, il avait bien le droit de songer qu'il pouvait surpasser cet absolu sans que rien ne vienne entraver sa soif de progrès.

Laura sentit un trou noir l'absorber. Elle gémit, eut l'impression de s'évader du temps, que celui-ci se convulsait autour d'elle pour l'entourer d'une infernale spirale l'arrachant à l'univers terrestre, comme lorsqu'elle était enfant et qu'elle ne pouvait jamais reconstituer l'emploi du temps de sa journée.

En effet, jusqu'à l'âge adulte, elle avait souffert de pertes de mémoire, d'« absences », disait-on. Née dans un milieu moins fortunée, on l'aurait envoyée dans un établissement spécialisé, et cela aurait sans doute mieux valu que de lui créer un univers à sa mesure avec gouvernantes et préceptrices, où elle s'était trouvée surprotégée, mais où ses problèmes avaient stagné, macéré comme dans une sorte de bouillon de culture. On ne croyait pas au soutien ni au suivi psychologique, ou se disait « elle oubliera ». Oublier ! Elle en portait les cicatrices dans sa chair, et il fallait oublier ? *Qu'avait-elle fait pour mériter d'être violée ? Et qui m'a ainsi punie ?* Ces questions avaient été un leitmotiv qu'elle avait eu l'impression de voir écrit sur les murs. On ne lui en avait pas reparlé. Si, plus tard, on lui avait fait consulter un psychiatre, après... oui, un autre drame. Mais il était trop tard pour guérir. Et peut-on parler de guérison dans ces cas-là ?

Les absences avaient peu à peu disparu, mais, de temps à autre, elles ressurgissaient, atténuées, comme un léger voile sur un paysage familier. Mais depuis la découverte de la toile dans le cagibi de son aîné, elle s'était plusieurs fois retrouvée sans pouvoir s'expliquer ce qu'elle faisait en tel ou tel endroit, ni ce qu'elle était venue y faire, encore moins depuis combien de minutes — d'heures ? — elle y était. Elle aurait pu téléphoner à un médecin qui l'avait suivie, mais une sorte de lassitude, conjuguée à la volonté de s'en sortir par elle-même l'en avait dissuadée.

Elle se redressa d'un coup sur son lit, maintenant pleinement consciente de ce qui l'entourait et se mit à fouiller dans sa mémoire. Une veine battait à sa tempe droite. Voyons, qu'avait-elle fait, une fois la réception finie, après que Ralph l'eût ramenée chez eux ? Avait-elle été à sa chambre ? Ou préparer le dîner ? Non, elle avait dû rester dehors... Mais pourquoi ? Certes, il y avait un joli coucher de soleil automnal, mais était-ce là l'unique raison ?

Elle se revit, image floue, près du garage. Il y avait deux voitures à Dagog Corner : la Mustang de son frère et un break Austin qui servait à Laura principalement quand elle allait faire des courses. N'avait-elle pas pris la voiture ce soir-là ? C'était absurde, quel motif aurait-elle eu de se servir du break ? Pour aller où ? Pour faire quoi ? Pour délivrer Ralph de son obsession ? Pour aller voir qui ?

C'était impossible. Elle avait dû longuement marcher autour des bâtiments. Voilà, c'était cela. Et comme elle aimait à rester dans le jardin tard le soir et faisait cela souvent, cela lui était sorti de l'esprit, ç'avait été automatique, une routine. Tout simplement. Je peux dormir, maintenant, j'ai le droit.

VII.

Contrairement à d'autres, Carolyn Mac Stroud connaissait tous les détails du meurtre. Sa petite bonne lui avait consciencieusement relaté, sans trop les enjoliver, les informations données par son fiancé.

Si elle ne parvenait pas à s'expliquer les circonstances de prime abord irréalistes du crime, elle n'était pas vraiment surprise que Miranda eût été assassinée. Au fond d'elle-même, elle avait toujours su que le destin de la jeune fille s'accomplirait dramatiquement, que la tragédie n'avait cessé de guetter son amie et qu'au détour d'une des chambres de son existence elle se matérialiserait, peut-être pas sous une forme aussi horrible, mais viendrait quand même interrompre le cours de son existence. Carolyn n'avait jamais douté, en effet, que Miranda n'eût été déterminée pour traverser la vie de trop brève manière. On l'eût sans aucun doute fort étonnée en lui demandant les raisons d'une telle certitude ; en fait, il s'agissait d'une prémonition qui s'était très tôt ancrée dans l'esprit de Carolyn. En fait, dès que la jeune fille avait pour la première fois gravi le perron de la maison de Croft Road. Le métier de jockey n'étant pas sans risques, elle aurait pu être victime d'un accident en courses. Cela, Carolyn l'avait envisagé. Mais il y avait plus : le côté un peu inachevé, un peu hésitant du caractère de Miranda faisait que Carolyn se demandait constamment si cette page d'écriture qu'est l'existence de tout être aurait le temps d'être composée en ce qui concernait son amie. Une ébauche, un délicat pastel, voilà ce qu'elle était.

Mrs Mac Stroud regarda avec tristesse la couverture de l'un de ces cahiers d'écoliers où, à côté de ses propres sentiments, elle avait consigné tous les caprices, tous les charmes et toutes les alarmes de la jeune fille. Elle n'ignorait que peu de choses de Miranda ; peut-être était-elle sur terre celle qui avait le mieux su déchiffrer — voire décoder — les secrets de cette âme ardente et fragile. Il subsistait bien çà et là quelques zones d'ombre, comme, entre autres, l'identité de ce confident auquel Miranda se référait parfois, à moins qu'elle ne l'eût inventé, à l'image de ces amis imaginaires que se créent certains enfants solitaires. Mais la jeune fille ne lui avait, en définitive, celé que très peu de choses. Leur complicité, qui avait été très tendre et très féminine, s'était nouée puis accomplie dans la plus totale franchise. À elle seule, Carolyn avait osé parler d'Edward, évoquer les heures d'un bonheur enfui ; et Miranda ne lui avait pas fait mystère de ses passions et de ses angoisses, cherchant chez son aînée de réconfortantes paroles jalonnées de repères, trouvant en face d'elle une femme accomplie, mais en proie à des tourments si proches de ceux qu'elle éprouvait que la compréhension ne pouvait que naître de leur rencontre.

Il n'y avait pas eu de relations sexuelles entre elles, seulement quelques ébauches, gestes esquissés, vite retenus, aussi anodins que jadis les intimités d'un pensionnat de jeunes filles. En revanche, Carolyn avait, parfois à l'aide de présents coûteux, formé le goût de la jeune fille, l'avait en quelque sorte initiée aux mystères, aux pouvoirs de son propre sexe. Miranda n'avait jamais été un « garçon manqué », mais elle n'avait pas eu conscience de sa féminité avant de rencontrer l'habitante de Croft Road. Carolyn avait donné de son temps et de son âme pour que sa petite amie puisse s'accomplir, mais y était-elle parvenue ? Elle en doutait très sérieusement, même si la façade que présentait Miranda à la société avait notablement évolué. Cependant, ce côté inachevé, ce dessin au pastel, n'était-ce pas en fait cela qui lui plaisait chez la petite cavalière ?

Depuis quelque temps, toute cette loyauté accumulée avait, tout au moins au regard de Mrs Mac Stroud, commencé à se lézarder. Leurs esprits, qu'elle avait voulu indissolublement unis, s'étaient par petites touches éloignés l'un de l'autre, et ces minuscules faits, insignifiants s'ils étaient pris isolément, ajoutaient une indéniable tristesse à la tendresse que Carolyn pouvait se permettre d'éprouver. Puis il y avait, comme un coup de semonce, cette histoire des épingles. Un jour que Miranda les admirait, elle lui en avait fait don et avait été fière et reconnaissante en voyant que la jeune fille les arborait souvent pour monter sous ses couleurs. Il y avait deux années de cela. Carolyn avait presque perdu le souvenir de ces présents jusqu'à la visite de l'inspecteur Waynes. Il lui avait alors fallu tout son art de la maîtrise de soi pour qu'elle ne trahisse rien des émotions qui l'assaillaient et qu'elle puisse prendre sur elle de paraître ignorer ce qu'étaient devenu ces bijoux pour éviter tout désagrément à Miranda, du moins tant qu'elle n'aurait pu à ce sujet questionner son amie. Mais la petite Osquith avait, pour la première fois, éludé ses questions, se faisant glissante comme une anguille échappant à la main du pêcheur. Carolyn en avait été attristée, puis il lui était venu à l'esprit que seuls de graves motifs pouvaient pousser la jeune fille à agir ainsi. Y avait-il un rapport entre le nouveau-né et Miranda ? Si oui, quel était-il ? Et voilà qu'à son tour, elle se faisait éventrer comme une bête, assassiner de la plus répugnante manière.

D'une certaine façon, cette tragique disparition délivrait Carolyn de ses scrupules : Miranda morte, elle pouvait se permettre de ne plus cacher la vérité ; et elle était résolue à parler de ces épingles au superintendent qui, lui, comprendrait sa façon d'agir. Elle n'avait plus à protéger de son amitié la jeune fille, elle avait dorénavant sinon à la venger, du moins à livrer à la justice tout ce qui permettrait l'identification du coupable. Elle pensait que celui-ci était à rechercher parmi les proches de Miranda, surtout parmi ceux qui psychologiquement avaient pu de leur empreinte atteindre les tréfonds de son âme. Elle se rendait compte qu'il lui revenait d'enquêter sur un esprit certes connu, mais mystérieux comme toute chose immatérielle.

Il y avait déjà dans sa tête une liste de noms d'où, honnêtement, elle ne s'était pas exclue. Elle aurait pu tuer Miranda, elle aurait eu un mobile, ténu, mais toutefois réel. Un soir de mélancolie, peut-être de légère ivresse, n'avait-elle pas trop parlé d'Edward, de sa mort, à sa jeune amie ? N'avait-elle pas parlé du testament olographe qu'elle avait par hasard découvert et ensuite détruit, ne pouvant se résoudre à laisser disperser tous ces biens qui constituaient son univers — après avoir été le leur — au profit d'œuvres qu'elle ne connaissait même pas, et alors qu'elle ignorait ce qu'elle avait bien pu faire pour qu'il agisse de la sorte ? Elle conservait de cette soirée avec Miranda un souvenir confus, mais il restait en elle la certitude de s'être livrée sans sa prudence habituelle et cette conviction, apparue dès le lendemain, l'avait pour de longues heures si complètement désarçonnée qu'elle se souvenait avoir été toute proche de pleurer, de s'apitoyer sur cette imprudence dont il allait lui falloir désormais assumer les conséquences, s'il y en avait.

Peu de temps après, fort heureusement, Miranda ne semblait pas avoir accordé la moindre importance aux propos tenus ce soir-là. Mrs Mac Stroud s'en était sentie soulagée, sans pour autant parvenir à chasser de son esprit l'image d'une menace. Non qu'elle craignit que Miranda révèle sciemment l'histoire du testament, elle n'y aurait eu aucun intérêt, mais une imprudence, une allusion, une confidence qu'elle aurait faite à sa sœur, à son employeur, à son « confident » — s'il existait — pouvait semer le doute et faire parler l'opinion, suffisamment pour que l'on recherche où pouvait gésir le lièvre. Si elle ne risquait pas une condamnation — le papier n'existait plus —, elle aurait donné prise aux commentaires désobligeants, aurait ressenti un peu comme un « lynchage moral ».

Ses yeux parcoururent le mur, la bibliothèque remplie de volumes d'ouvrages classiques. Elle fixa l'un d'eux. C'était « La lettre écarlate » de Nathaniel Hawthorne[6]. Pour elle, ce n'était pas le « A » de « adultère », c'était le « T » de « testament ».

---

[6] Nathaniel Hawthorne (1804-1864), écrivain américain, auteur de nouvelles et de romans décrivant le milieu puritain de la Nouvelle-Angleterre dont *La Lettre Écarlate* (« *The Scarlet Letter* », *1850)*, qui se passe au 17e siècle, et dont l'héroïne, accusée d'avoir eu un enfant hors mariage, est condamnée à arborer sur ses vêtements, en rouge, la lettre « A » pour « adultère ».

VIII.

Assis les bras jetés comme deux chalutiers en perdition le long du fauteuil, Alan Page regardait avec nostalgie le canapé où il avait si souvent fait l'amour avec Fay lorsque leurs deux corps avaient besoin l'un de l'autre, un désir ardent qui faisait fi de toute pudeur, s'accommodait de toutes les occasions. Mais cela remontait au moins à mille ans, et il s'usait les yeux à contempler ce canapé vide que moulait la nuit venue le corps frêle de sa fille. Fay... aurait-il encore la joie de la chevaucher, d'éprouver avec elle ces plaisirs éphémères, mais intenses ?

La mort de Miranda allait tout remettre en question.

Il n'aurait nullement été surpris qu'elle se suicidât après qu'il l'eût chassée des Granges. Chassée comme on chasse un chien errant galeux. Car il avait eu le courage de lui ordonner de déguerpir, de prendre ses affaires et de ne plus jamais remettre les pieds à l'élevage. Il lui avait dit ses quatre vérités, tout était sorti d'un coup : son ménage brisé, l'éloignement de sa fille. Et ce jeu d'allumeuse, cette façon de s'approcher, de se refuser, avec combien d'autres l'avait-elle pratiqué ? Elle avait eu beau sangloter, supplier, menacer de se tuer, il n'en avait pas moins maintenu sa décision, étonné de sa propre audace, comme s'il avait été dans un état second, ou manipulé par une force extérieure — l'influence de Fay, du souvenir de Fay ?

Mais Miranda avait été assassinée. Et, là, il ne comprenait plus. Bien souvent, il avait eu envie de la faire disparaître de la surface de ce monde, pénétré qu'il était de l'idée que tous ses problèmes venaient d'elle. Cependant, ce meurtre non seulement le révulsait, mais lui faisait prendre conscience qu'il n'avait pas été le seul à la haïr, que d'autres êtres avaient souffert par sa faute. Sans vraiment s'en rendre compte, il éprouvait une forme perverse de jalousie à l'idée que la jeune fille ait pu attirer tant de passions sur sa personne. Car il l'avait aimée avant qu'elle ne s'imposât subtilement à sa vie.

Il l'avait désirée, en vain, est-ce qu'elle ne voulait pas, ou était-ce lui qui n'avait pas su comment... Et Fay s'en était offusquée comme jamais il ne se le serait imaginé, jusqu'à vouloir divorcer. Il avait été furieux contre Miranda, l'avait insultée, envoyée se faire consoler par Minklesham. Qui, lui aussi... Que s'était-il passé ? Toujours est-il qu'elle était revenue le lendemain reprendre son travail, et tout avait repris comme avant. Sauf que Fay n'était plus là. Ni Emily.

Fay, si dominatrice, si exclusive, si consumée d'un feu d'amour intérieur sous des dehors impassibles, même froids, Fay aurait pu tuer Miranda sans aucun scrupule. Assassiner de manière inhumaine, tel un robot, cela ressemblait à Fay. L'avait-elle désiré... l'avait-elle fait ? Car elle tenait encore à lui, ce qu'elle lui avait dit — et plus encore ce que ses lèvres avaient gardé, mais que son regard avait laissé transparaître un court instant — lors de leur rencontre à Trowbridge le prouvait amplement. C'était simple, non ? Il se leva, eut un soupir. Enfin, accepterait-il de revenir avec sa femme si celle-ci s'avérait être le bourreau de Miranda ?

Alan descendit à la cave chercher une bouteille de Bordeaux, puis se servit un grand verre, ramena la bouteille près du fauteuil et avala d'un coup tout le liquide sombre sans même ébaucher une grimace. Il y eut plusieurs secondes dans sa gorge quelque chose d'une brûlure râpeuse puis chaude, réconfortante. Il se versa un second verre, lampa une gorgée, et sut que désormais tout ce qui lui importerait, ce serait de demeurer là, sur ce stupide fauteuil, à vider une bouteille de vin, de sentir les effluves de l'alcool dissiper les images du corps torturé de Miranda, de laisser l'ivresse lui permettre de fuir Fay quelques instants, de fuir ce monde infernal, de tout sentir se diluer.

IX.

Quint-William jura en crachant le petit morceau : un plombage parti. Cela peut arriver, mais, par ici, allait-il pouvoir trouver un dentiste libre ? Il décida de téléphoner au Docteur Flynn, pour avoir une adresse. Et une recommandation, pour être pris de suite. Le superintendent détestait ces petits contretemps qui gênaient le cours des choses.

Le médecin compatit, lui non plus n'aimait pas aller chez le dentiste. Il lui donna une adresse à Swindon, lui disant de bien préciser qu'il venait de sa part.

Quelques heures plus tard, Rockwell roulait tranquillement sur la route de Swindon à Avebury, soulagé d'avoir pu solutionner ce problème. Le genre de truc qui, comme par un fait exprès, arrive toujours en vacances, le week-end ou les jours fériés. Eh oui, comme les problèmes de plomberie ou les pannes de voiture... Histoire de se rassurer sur ce dernier point, il accéléra un bon coup sur une ligne droite, la Jaguar bondit, il put rouler un peu vite, ce qui le rasséréna. Il ralentit en arrivant à l'entrée d'Avebury et décida de s'arrêter près des cromlechs. Le lieu l'inspirait toujours, on aurait dit que ces pierres érigées au néolithique considéraient, avec un soupçon de moquerie, les problèmes des humains du vingt-et-unième siècle, elles qui avaient survécu à plus de quatre mille ans d'histoire.

Il eut un choc en descendant de sa voiture : il y avait une ambulance dont le gyrophare tournait, une voiture de police, et un 4x4 qu'il reconnut comme le véhicule du Docteur Flynn. Il s'approcha.

Le docteur sortit d'une maison, parlant à quelqu'un à l'intérieur, se tourna en se dirigeant vers sa voiture et aperçut Rockwell.

— Eh bien, cher ami ? Avez-vous pu réparer votre molaire ?

— Oui, je vous remercie, votre ami m'a fait passer de suite. Il est adroit, en plus. Mais que se passe-t-il ici ? Ne me dites pas qu'il y a eu...

— Non, rassurez-vous. Je ne dirai pas que tout le monde va bien, une femme âgée a été trouvée morte chez elle. Sa femme de ménage a appelé la police, elle a cru qu'il y avait eu un meurtre. On m'a fait venir, j'ai constaté le décès et délivré le permis d'inhumer. Crise cardiaque, rien que de banal. Mais j'ai fini, voulez-vous prendre un verre au pub ? Histoire de vous faire oublier les tourments du dentiste. Et à moi la hideuse vision de la mort. Vous savez, les gens ont toujours la même tête. Ils meurent l'air idiot.

— Hum... vous trouvez ? Certains ont l'air affolés, d'autres ont l'air d'avoir voulu dire quelque chose, s'ils ont vu leur meurtrier.

— Vous avez raison en ce qui concerne les morts violentes, il y a toute une palette d'expressions. Mais dans son sommeil, comme cette vieille dame... Le corps n'avait rien à dire. J'ai fait mon devoir médical, j'ai signé un papier. La fille de la morte est arrivée, j'ai pris la fuite pour couper court au récit de sa vie, de ses sacrifices pour élever sa famille, de ses goûts pour le jardinage, la lecture ou de la liste de ses feuilletons télévisés préférés.

— Je vous comprends, j'ai parfois droit à tout cela. Mais je suis obligé d'écouter : dans le cadre d'une enquête, le moindre détail, même le plus anodin peut avoir de l'importance.

— C'est vrai. Je préfère les morts violentes. Sauf évidemment si cela dérange le décor.

— Pardon ?

— Il est de ces êtres qu'il ne faut pas déranger, qui font si bien dans le lieu où ils vivent, dans leur environnement humain, animal ou végétal, que leur mort semble déranger le cours des choses.

— Vous pensez à...

— Elle ? Oui, elle était bien dans le décor. Elle avait tort de s'inquiéter toujours, de se sentir mal à l'aise. Quand on la voyait, elle était... je dirais : ornementale. Mais elle ne savait pas ce qu'elle voulait. Manque de maturité certain.

— Vous la connaissiez bien, alors ?

— Je l'ai soignée petite, ses frères et sœurs également. Une drôle de famille. Pas faits pour être pauvres, un côté fin, un sens esthétique. Et à côté de cela pas de tête, pas de logique.

— Si l'on considère qu'elle avait quatorze ans et pas vingt-trois, elle était normale.

— Sans doute. Seulement, elle se rendait compte qu'elle n'était pas à sa place. Il est de ces femmes qui sont formées très précocement et qui ont le mental d'une gamine. D'autres qui sont en avance intellectuellement, et dont le physique ne suit pas. Dans son cas, les deux étaient en accord, c'est-à-dire en retard sur l'état-civil. Et, vu son milieu, cela lui causait des problèmes. Les petites gens n'aiment pas ceux qui ne sont pas « normaux et moyens », surtout qu'elle était plutôt jolie fille.

Ils étaient arrivés au pub. Rockwell, prudent, commanda un thé qu'il laissa un peu refroidir. L'effet de l'anesthésique commençait à disparaître, il vérifia qu'il avait un antalgique dans sa poche. Le docteur Flynn prit un whisky et précisa « avec glaçons ».

— Le patron y pense, mais l'abruti qui sert en ce moment est capable de vous passer le whisky au micro-ondes ou de vous servir des frites froides. Ah, le petit personnel !

Rockwell sourit, en se disant que son vis-à-vis faisait son numéro habituel, comme toujours quand il n'était pas dans son milieu professionnel.

Le portable du docteur sonna, il le laissa répondre et le vit revenir avec une moue de contrariété.

— Des problèmes ?

— J'espérais une jolie femme, et c'est le sergent Rebbott qui me demande un rapport pour le décès de la grand-mère.

— Rebbott est quelqu'un de sympathique. Souriante, au moins.

— Oui, mais une obsédée de la routine ! Procédurière, maniaque... Efficace, je le reconnais. Mais pour un certificat de décès banal, pas besoin de me bousculer. Rien à mettre d'intéressant. On n'a pas idée de mourir dans son lit quand on se trouve dans un site archéologique réputé ! Au pied d'un menhir, en étreignant une croix celtique, dans la nef d'une chapelle, là au moins, ce sont des morts qui ont du style ! »

Rockwell rit franchement. Mais, revenant ensuite à sa voiture après avoir salué le docteur Flynn, il se demanda si le cadavre de Miranda avait eu « assez de style » pour intéresser le légiste. Plaisanterie macabre de carabin, ou fascination pour la mort ? Si lui-même était parfois désabusé devant les turpitudes humaines, la recherche le passionnait toujours. Il est vrai que lui travaillait avec des personnes vivantes, alors que Flynn ne faisait pratiquement plus que de la médecine légale. À découper des cadavres, on ne peut qu'avoir une vision pessimiste de la société.

Le portable du superintendent fit entendre sa symphonie de Mozart. C'était Seamus Casey-Wynford qui souhaitait le voir. Son vieil ami semblait fatigué, mais avait envie de faire le point. Rockwell lui donna rendez-vous chez lui, puis démarra sa voiture en allumant l'autoradio. Coïncidence agréable, un concerto brandebourgeois de Bach résonna dans l'habitacle. Comme si Seamus l'avait commandé à la chaîne.

X.

Le soleil se voilait de sang, une hémorragie de reflets chatoyants brun rouge aux contours d'une cruauté de cauchemar comme si le cosmos carminé approchait la terre pour la dévorer. Aurore Minklesham n'avait jamais vu un tel ciel. Les nerfs de la jeune femme étaient tendus à se rompre et elle attendait en vain un improbable soulagement, un relâchement de tout son être qui pourrait s'apparenter à celui ressenti par le criminel lors de l'aveu libératoire.

Elle savait que cet état de tension durerait tant que Benedict ne lui aurait pas avoué franchement ce qu'il avait fait au lieu de venir à la réception donnée par Casey-Wynford. Pourtant, elle n'ignorait pas que cet aveu, qu'elle jugeait improbable, pourrait engendrer pour elle des conséquences autrement plus inquiétantes qu'une perturbation nerveuse, si oppressante fût-elle. Mais elle préférait savoir le pire plutôt que de voguer de doutes en craintes. Le caractère d'Aurore lui faisait préférer les situations nettes, tranchées, aux excessives finesses diplomatiques dont son époux était parfois friand par jeu ou par nécessité. Elle l'admirait et il l'agaçait tout à la fois quand, lors d'une tractation professionnelle ardue, il faisait usage d'un art de l'argumentation subtil, tournant verbalement autour de l'adversaire jusqu'à l'encercler pour le convaincre. De cela, elle était incapable.

Lorsque, après quelques mois de vie commune, les choses étaient devenues sérieuses entre eux deux, lorsqu'il avait été question de mariage, il ne lui avait pas caché l'existence de « l'autre », de cet amour voué à l'inaccomplissement. De cela, elle lui avait su gré. L'autre, elle l'avait occultée de sa vie, comme un mauvais tableau que l'on cache derrière un rideau, elle n'y faisait jamais allusion. Jusqu'à l'annonce de cet assassinat qui la faisait odieusement resurgir comme le cadavre d'un noyé affleurant à la surface d'un calme étang. Il fallait maintenant qu'elle arrive à se convaincre de l'utilité de ce décès qui abattait peut-être à jamais ce mur parfois tangible qu'elle sentait parfois au détour d'une phrase, à la lueur d'un reflet sur un visage, qui briserait cette carapace de regrets et de souvenirs entre Benedict et elle.

Oui, en fin de compte, se dit-elle, la mort de Miranda me délivre. C'est horrible, mais c'est comme çà.

Toutefois, la mort d'un être jeune, si plein de vie, ne pouvait que la révulser. Elle n'avait rencontré Miranda qu'à cinq ou six reprises, toujours brièvement, sur un champ de courses ou dans une rue commerçante, et avait été frappée par ce qu'elle avait saisi du caractère de la jeune fille. En d'autres circonstances, lui arrivait-il de penser, elle aurait pu s'en faire une amie. Et il lui avait semblé que Miranda l'aurait désiré également. Mais cela, c'était du passé, un état antérieur qui lui paraissait presque doux au regard de la barbarie qui s'était abattue sur ce coin du Wiltshire, cet endroit si éloigné des lieux de sa prime jeunesse, mais où elle avait fini par trouver une forme de bonheur, au moins de paix.

Elle se sentait tendue comme si elle luttait contre un adversaire d'une force supérieure — et c'était peut-être réellement le cas. Depuis cette réception, une aile noire étendait son ombre au-dessus d'elle. N'étant pas spécialement naïve, elle se doutait que cet après-midi là,

Benedict se trouvait avec « l'autre ». Mais qu'avait-il pu se passer entre eux pour qu'un meurtre vienne mettre un odieux point d'orgue à cette journée d'automne ? Bien sûr, il y avait une chance, infime à ses yeux, pour qu'il n'ait point été en sa compagnie, mais alors pourquoi demeurer muet, ne pas s'expliquer ? Avait-il autre chose, quelqu'un d'autre à cacher ? Bien sûr, il se pouvait qu'un autre ait tué Miranda. Mais Benedict était un calme en même temps qu'un passionné : un débordement, un éclair de démence n'était pas à exclure. Aurore avait appris à connaître son mari plus qu'il ne le supposait, et elle le voyait très bien voulant se défaire d'une chaîne qui entravait leur union.

Mais il n'y avait rien eu, elle le croyait. Qu'un attachement, une obsession. Mais on n'assassine pas un fantôme...

Cependant, elle ne pouvait ignorer que si Benedict était dénué de pitié en affaires, il avait conservé dans le domaine de sa vie privée un sens moral demeuré assez aigu sur certains points précis. Cette contradiction entre sa conviction intime et la philosophie qu'avait son époux de la vie achevait de la mettre mal à l'aise, comme lorsqu'elle s'était donnée à lui la première fois, après une réception un peu arrosée, où tous deux s'étaient ennuyés et espéraient terminer la soirée plus agréablement. Elle avait eu le sentiment de répondre à un appel qu'elle ne pouvait ignorer, qui la soumettait. Elle avait alors fait tout ce qu'il lui avait demandé, sans que pourtant sa chair approuve son esprit. Il l'avait fixée d'une façon qui l'avait mise mal à l'aise, comme s'il voulait se persuader qu'il avait bien fait l'amour avec Aurore. Puis, gentiment, il l'avait repoussée.

Sans la connaître, elle avait vu alors l'ombre de « l'autre » se modeler sur le visage de Benedict, une image qu'elle s'était alors juré d'arracher à jamais pour enfin briser cette frontière entre amour et plaisir. Mais son corps n'avait pu se livrer à cette conquête, statufié, immobilisé, lorsqu'il venait à elle. Certains soirs, quand l'opaque de leur union se dissipait et devenait un désir autre que purement intellectuel ou décoratif, elle avait pu croire que ce fantôme avait disparu. Il aimait parler avec elle, il aimait l'avoir à son bras, fier de son incandescence féminine. Elle aurait dû jouer de cet aspect de leur relation, mais l'énergie lui avait manqué, tant elle avait l'impression de s'attaquer à une muraille.

Et pourtant, il l'aimait, et elle le savait. L'adorait-il au point de tuer ? La haine, dit-on, est proche de l'amour.

Elle lui avait été reconnaissante quand, au tout début de leur liaison, il ne l'avait pas imposée quand le metteur en scène de la série qu'il produisait avait préféré une autre actrice qu'elle pour le rôle principal. Elle avait toujours craint qu'on ne lui reproche de « coucher utile », et Benedict méritait mieux que cela. Elle continuait son métier, on lui proposait des rôles qui lui convenaient ou non, son agent savait choisir et celui qui était à présent devenu son mari n'intervenait pas. Sur ce plan, au moins, il n'y avait pas d'équivoque, chacun gardait son indépendance, même s'ils discutaient ensemble sur le plan professionnel, chacun donnant son avis à l'autre, de manière impartiale. Mais, quand le désir venait, il restait toujours ce voile, comme une nappe de brouillard entre eux.

Elle s'était souvent demandé pourquoi l'image d'une femme plus imaginée que réelle avait pu à ce point mobiliser l'esprit de son mari. Il y avait là un concept qu'elle pouvait admettre, mais non pas comprendre. Pour Aurore, l'amour — avec tous les grands « A » que l'on voudra — avait quelque chose de concret, ne serait-ce que l'union des corps, et ne pouvait se diluer dans l'imaginaire. Et cette pensée la fit revenir à la seule chose capable à ses yeux, d'innocenter Benedict : on ne tue pas une image, on la chasse. Elle, oui, elle aurait pu se débarrasser de Miranda, la sachant réelle. Oui, peut-être l'aurait-elle pu... Mais, même mort, le fantôme semblait continuer d'exister.

Elle s'aperçut qu'elle venait presque de chuchoter à haute voix ses dernières réflexions. Puis elle entendit la voiture de Benedict rentrer dans la cour alors que le crépuscule jetait ses ultimes feux. Bientôt, il serait là, il la serrerait contre sa poitrine et la laisserait pleurer pendant qu'il la tiendrait contre lui. Plus rien n'aurait d'importance. Ils seraient forts, tous les deux.

XI.

La vénérable Bristol bleu sombre se rangea perpendiculairement au mur de Watermead. Dix heures sonnaient à un clocher, plus loin. Seamus Casey-Wynford était comme toujours exact au rendez-vous fixé par le superintendent. Il descendit de voiture en ouvrant un parapluie, car il bruinait. L'air, empesté de ce crachin, bruissait de quelques accords de piano. L'ancien magistrat reconnut la mélancolie de *La Mort d'Ase,* de Grieg.

« Voilà qui convient parfaitement », murmura-t-il pour lui-même.

Quelques instants plus tard, Quint-William et Seamus se faisaient face. Tous deux avaient les traits tirés — on devinait qu'ils n'avaient guère dû dormir de la nuit. Il y avait entre eux une espèce de solennité si inhabituelle qu'ils ne savaient pas exactement comment la dissiper. Rockwell servit du sherry.

— Je ne bois jamais avant midi, mais... fit-il.

— Les circonstances sont un petit peu exceptionnelles, ne croyez-vous pas ?

L'homme du Yard opina. Puis :

— Vous avez fait le point ?

— Tout comme vous, j'imagine. Hyatt m'a téléphoné dès l'aurore, plus par politesse que par réelle volonté de me mettre au courant, mais il patauge complètement. Il a demandé une nouvelle autopsie aux autorités médico-légales de Salisbury. Une contre-expertise, en quelque sorte.

— N'aurait-il pas confiance en notre ami Flynn ?

— Si. Mais Flynn avait soigné la petite Osquith, il la connaissait depuis son enfance. Or, l'enquête semble si ardue que Hyatt préfère s'entourer de toutes les précautions. Ce dont je ne puis le blâmer.

— Hum... oui.

— D'autre part, à défaut de pouvoir expliquer la façon dont le meurtre a été commis, il semble suspecter surtout Alan Page et Benedict Minklesham.

— Autrement dit, les deux amis de cœur de la victime.

— Cela vous semble simpliste ? À moi aussi. Tous ceux qui gravitaient autour d'elle peuvent l'avoir tuée. Y compris vous et moi.

— Hum... pardon ?

Les sourcils de Rockwell se rejoignirent d'étonnement.

— Oui, Quint, vous. Vous êtes un célibataire endurci, je sais que vous ne méprisez pas les femmes, mais vous craignez par-dessus tout de vous retrouver enchaîné, vous fuyez toute ébauche de sentiment hormis la simple amitié. Qui dans certains cas peut évoluer. Cette jeune femme que vous connaissiez vaguement, dont vous m'avez parlé en craignant qu'elle ne s'impose à votre vie, c'était bien Miranda Osquith ?

— Exact. Cela me fait un mobile, spécieux certes, mais réel. En revanche, je vois mal pourquoi vous vous incluez dans la liste des suspects ?

— La mémoire vous fait défaut. Avez-vous oublié que Miranda vint tout l'hiver dernier soigner et monter mon cheval ? Il aurait pu y avoir quelque chose.

— Vous veniez de vous faire opérer d'une hernie ! Et votre jardinier, qui s'occupe ordinairement de votre cheval, était au lit avec la grippe. Il vous fallait quelqu'un, Mrs Mac Stroud vous avait proposé Miranda que vous ne connaissiez pas plus que cela, vous ne fréquentez pas les champs de courses.

— Ne voyez pas que le sexe, Quint. Miranda aurait pu découvrir quelque secret sur ma vie professionnelle ou personnelle.

Le magistrat ébaucha un sourire et but une gorgée de sherry.

— Pour ma part, dit le superintendent, j'ai classé les suspects en trois catégories : les « impossibles », les outsiders, les favoris.

— Vous vous exprimez en termes de turf, ce qui est naturel s'agissant de Mademoiselle Osquith. Mais pardon, je vous écoute.

— Vous connaissez les gens d'ici bien mieux que moi. N'hésitez donc pas à me reprendre.

Les yeux de Rockwell se mirent un instant à éclater hors de son visage, comme s'ils avaient à surveiller des lointains improbables. Un regard de faucon, mais étincelant comme celui d'un prédateur lancé sur sa proie. L'enquête commençait, la machine à analyser les situations était mise en route.

— Ceux qu'à première vue j'exclus, commença-t-il d'une voix assourdie. Nous deux, histoire de faciliter les choses. Ensuite, Emily Page. Ce meurtre n'est pas l'affaire d'une gosse, tant sa complexité est manifeste, ainsi que la manière de faire. En second, et pour les mêmes motifs, le jeune Juan Rodriguez. Le fait qu'il trouva le corps plaide en sa faveur. Au surplus, s'il pouvait par hasard avoir un mobile — il connaissait Miranda, sa sœur est une camarade de classe d'Emily Page — plusieurs de ses amis témoignent que ce soir-là ils ne quittèrent pas le *Repaire du Sanglier,* et le patron du bar l'atteste aussi. Maintenant, passons aux outsiders : le docteur Flynn.

— Ah, oui... Vous marquez un point, Quint, je ne pensais plus à lui. Il est vrai qu'il connaissait Miranda Osquith, qu'il l'avait soignée, on peut faire des confidences à un médecin. Mais bon...

— Hayes n'a pas cherché s'il avait un alibi ou non, il n'y a pas pensé non plus. Mais, faute de mieux, je le classerai dans cette catégorie, dans laquelle, beaucoup plus sérieusement, je rangerai Fay et Alan Page. Selon les informations qu'a bien voulu me livrer l'inspecteur au téléphone il y a peu, ils avaient plus ou moins décidé de se remettre ensemble. Pourquoi, alors, assassiner celle qui avait semé la discorde entre eux ? Soit, ils n'ont pas vraiment d'alibi, mais l'absence de motif me semble plus valable qu'une question d'emploi du temps. Ajoutons que peu avant l'heure présumée du crime, Alan Page avertissait sa femme qu'il avait chassé Miranda de chez lui. Évidemment, nous n'avons que leurs témoignages respectifs, ils ont pu se mettre d'accord.

— Selon vous, auraient-ils pu commettre ce crime tous les deux ? Et feindre de continuer leur procédure de divorce... un peu compliqué, ne pensez-vous pas ?

— Si, bien sûr. Il ne s'agit pas de personnes assez organisées — mentalement, s'entend — pour être complices d'un crime. Surtout avec une pareille mise en scène. Et n'oublions pas qu'ils ont un enfant, je les vois mal échafauder un tel plan en prenant le risque de ne plus la revoir.

Le magistrat approuva de la tête.

— Autres personnes à ranger dans cette catégorie, reprit Rockwell : Benedict Minklesham et Laura Gerson. Je sais que de lourds soupçons pèsent sur le premier nommé. Il avait été l'ami — ami de cœur seulement — de la morte, l'était plus ou moins demeuré alors qu'elle avait refusé de l'épouser. Toutefois, psychologiquement, je n'arrive pas à concevoir un tel esprit en train de donner sciemment la mort à autrui. Les scénarios de ses films ne sont pas si prenants au point qu'il confonde la réalité et la fiction. En plus, il est producteur et non auteur ou metteur en scène.

— Je vous approuve entièrement. J'irai même plus loin : son absence à ma petite réception, son mutisme à ce sujet, tout cela concourt à l'innocenter à mes yeux. Je crois connaître Minklesham, c'est un être absolu, certes, mais respectant la vie de l'autre. Il aurait pu cependant tuer, mais à la guerre, en ignorant sur qui il aurait tiré, par exemple. Ou en état de légitime défense, mais dans ce cas, comme chacun de nous.

— Et Laura Gerson ? Comment la jugez-vous ? Fais-je erreur en l'excluant du cercle des possibles meurtriers ?

— À première vue, nullement. Mais il s'agit d'une personne extrêmement fragile. Hyatt a dû vous renseigner ?

Le silence se forma quelques secondes.

— Sur la toile morbide découverte chez son demi-frère ? Oui. Cela, d'ailleurs, m'amène à parler des coupables probables.

Seamus Casey-Wynford saisit la balle au bond :

— Ralph Gerson. C'est à lui que vous songez, Quint. Avec ses antécédents, quel bel assassin il ferait ! Mais n'est-ce pas un choix trop simpliste ? Il y a un fossé à franchir entre le voyeurisme, voire l'attentat à la pudeur, et le meurtre. D'autant plus que, matériellement, il n'aurait disposé que de très peu de temps pour agencer cette mise en scène...

— Hum...

Rockwell essuya une goutte de transpiration qui se formait sur sa lèvre supérieure. Le temps d'une pensée, une vague lueur dubitative s'alluma dans son regard comme s'il s'octroyait une pause avant que lui et son ami n'entrent véritablement en lice.

— Il ne reste plus beaucoup de monde, déclara Casey-Wynford du ton d'un médecin constatant une évidence scientifique, cet esprit scientifique dans lequel l'ancien magistrat paraissait vouloir puiser de quoi affronter leurs propres dires à venir.

— Mrs Mac Stroud.

Du regard, le superintendent encouragea son ami à continuer.

— Quel curieux rapport que ceux de ces deux femmes... continua le magistrat. À première vue, une liaison où n'entre en jeu que le professionnalisme. À seconde vue, et sans extrapoler, un lien d'amitié plus qu'équivoque que je résumerai en une seule question : jusqu'à quel point Miranda n'est-elle pas devenue l'enfant que Carolyn Mac Stroud ne pouvait avoir ?

— Elle aussi m'a téléphoné ce matin, pour me raconter une curieuse histoire d'épingles de cravate de chasse.

Le policier informa son hôte.

— Voilà qui a au moins le mérite d'éclaircir un mystère. Mais que faisaient ces épingles près du cadavre du nouveau-né ? Je n'imagine pas Miranda tuant un bébé.

— Moi non plus, fit Quint-William. De même que je ne vous suis pas : si la petite Osquith était considérée par Mrs Mac Stroud comme sa fille, pourquoi l'aurait-elle tuée ? C'eût été un infanticide.

— Et alors ? N'oubliez pas que Mrs Mac Stroud a dû vouloir modeler la jeune fille à son image, comme on le fait de ses enfants. Si Miranda s'est rebellée ou bien l'a profondément déçue, que croyez-vous qu'ait pu être la réaction de cette femme déterminée ? N'aurait-elle pas tenté de faire disparaître celle qui meurtrissait ce cœur solitaire ? Qu'a-t-elle bâti autour de Miranda ? Quel monde parfois inventé, parfois réel, s'était-elle construit en dispensant le bonheur à une enfant fragile et qu'elle devait s'imaginer avoir extirpée de la médiocrité et de la détresse ? Quelles jalousies n'a-t-elle pas éprouvées ? Si elle a forgé une sorte de foyer autour de Miranda, celui-ci ne s'est-il pas refermé comme un piège diabolique sur son concepteur ?

— Ajoutons à cela qu'elle possède une voiture de sport rapide, elle aurait eu tout le temps de perpétrer le crime. Un crime qui pue la haine. Un assassinat qui, effectivement, pourrait correspondre au profil psychologique de Caroline Mac Stroud. Mais vous devez suspecter d'autres personnes ?

— Et vous, Quint ?

— J'avoue avoir songé un instant à la cadette de Miranda, Victoria. Elles étaient, dit-on, très proches. Trop proches ? Bon, elle a un alibi, mais la soirée où elle s'est rendue n'a commencé que vers 22 heures...

— Si j'étais Hyatt, j'interrogerais longuement cette Victoria. Elle doit en savoir plus long que nous ne l'imaginons. Par un détail, elle pourrait nous indiquer une piste.

— Reste Aurore Minklesham. Elle, elle avait un bon motif.

— Et X..., déclara l'ancien magistrat.

— « X » ?

— Celui, ou celle, que Miranda rejoignait le plus discrètement possible, ainsi qu'en font foi des trous inexplicables dans son emploi du temps.

— Mrs Mac Stroud m'a confié tout à l'heure que Miranda faisait parfois allusion à « un confident », elle ne l'appelait pas autrement. D'ailleurs, ce peut être aussi bien une femme qu'un homme, elle peut dire « mon confident », au masculin, pour brouiller les pistes, d'une façon générique, pour que personne ne se doute. Mais j'ajoute qu'elle ne croit pas à l'existence d'une telle personne.

— Son point de vue se comprend : elle raye d'un trait de plume un concurrent. Pour elle — et c'est quand même plausible — c'est un ami imaginaire forgé par un esprit enfantin solitaire. Mais de telles considérations ne doivent pas nous pervertir le jugement. Si « X » existe, il ne doit pas être bien ardu de mettre vite un nom sur cette personne.

— Dans un roman policier, c'est presque toujours l'extrême outsider qui gagne au poteau. En revanche, nous savons tous deux que la réalité diffère sensiblement. Ce « X », croyez-vous vraiment à son existence ?

— Oui, Quint. Que l'opinion de Carolyn ne vous fausse pas le jugement. Oui, je crois en ce « X ». Et le plus terrible, c'est qu'il peut s'agir de n'importe lequel d'entre nous. Dans tous les noms que nous avons cités depuis le début, je pressens X. L'appel demeuré non identifié que vous avez reçu lors de votre arrivée, peut-être Miranda elle-même, mais pourquoi pas X ? Les photos haineusement déchirées trouvées par Victoria, pourquoi pas X ? L'accident, pourquoi pas X ? L'éventration, pourquoi pas X ?

Le magistrat respira, pendant que Quint-William opinait silencieusement.

— J'ai peur, Quint. Très peur, je n'ai aucune honte à vous l'avouer. Celui qui a manigancé un tel crime peut tout se permettre. Nous n'évoquons que de multiples suppositions alors que lui a ses certitudes. »

Un nuage d'averse assombrit le salon. Dans l'obscurité, le superintendent vit le visage de Miranda qui semblait emporté dans une chute sans fin par une cataracte d'eau boueuse, glissant entre les berges buissonneuses aux contours flous d'une végétation anormalement luxuriante et il sentit sa main se tendre, chercher ce visage dans la mollesse humide de l'air. Il ne sentit que le regard scrutateur de Casey-Wynford. Le policier sentit alors affleurer à sa bouche la question qu'il retenait depuis trop longtemps dans l'angoisse.

— Et si, Seamus, s'il s'agissait d'un crime d'amour ?

L'ancien magistrat cita Clausewitz : *« On doit s'accoutumer à agir toujours d'après les vraisemblances générales, et c'est une illusion d'attendre un moment où l'on serait délivré de toute ignorance et où l'on pourrait se passer des suppositions »*[7]. Puis il dodelina de la tête, comme s'il allait s'endormir. « Meurtre d'amour »...

---

[7] Carl Philipp von Clausewitz (1780-1831), général et théoricien militaire prussien, auteur de plusieurs écrits sur la stratégie militaire, notamment du traité *De la guerre (« Vom Krieg »)*, publié par sa femme à partir de 1832.

« Instinct du vrai »... Rockwell se pencha légèrement en avant, le regardant attentivement.

— Qu'y a-t-il ? Vous êtes souffrant ?

— Non, non... »

La main du vieillard se tendit vers les biscuits qui accompagnaient l'apéritif. Il se servit, mâchonna un instant, puis parut reprendre son contrôle, même si la lumière qui s'était faite en lui le laissait abasourdi. Il avait envie de courir se cacher quelque part, comme un enfant qui vient de découvrir quelque chose qu'il ne devait pas voir. Il ne savait pourquoi il éprouvait ce sentiment.

— Vous avez raison, Quint. Dans cette histoire, nous avons trop parlé de haine. Un univers peut aussi tomber en morceaux à cause de l'affection.

Le superintendent manifesta son désir de voir son ami s'expliquer :

— Alors ? Alors ? »

Mais le regard de Quint s'adoucit aussitôt, son expression changea brutalement, il devint livide, ses mains se crispèrent sur ses genoux. Il devinait vaguement vers quelles perspectives s'orientaient les pensées de son ami, parées d'un coup d'un attrait irrésistible, comme un objet frappé d'interdit qu'il faut saisir pour prouver son courage, en se grisant de sa propre audace téméraire ou criminelle. Il eut envie de rejoindre le piano, d'y jouer n'importe quelle anodine fantaisie afin de sentir son esprit se diluer entre ses doigts. Il avait l'impression d'être le survivant d'une catastrophe qui aurait détruit la moitié de Londres, d'un blitz forcené. Et encore, il pouvait être rattrapé par une explosion. « Nous sommes tous concernés ». La phrase martela son cerveau. Lorsque cet état se dissipa, qu'il reprit ses esprits, il put affronter le regard de Casey-Wynford.

— Que pensez-vous réellement, Seamus ?

— Je reprendrais volontiers un doigt de sherry. »

Complètement désemparé, le maître de Watermead le servit. Personne ne pouvait l'aider à trouver la solution de cette énigme, il restait seul à devoir chercher. À chercher la solution de cette histoire qui puait la haine, la vengeance. Mais s'était-on vengé d'une personne, de plusieurs, ou de la vie même, de ce qu'elle avait apporté ou plutôt n'avait pas apporté ? Peut-on tuer pour faire disparaître une obsession ?

XII.

La femme attendait, assise sur le perron d'une maison en ruines, serrant autour d'elle une couverture déchirée et sale. Elle tremblait, parvint à peine à saisir la canette de bière posée près d'elle et avala goulûment le fond qui restait. De la mousse perlait sur ses lèvres, la bière coulait sur son menton, traçant des stries dans la crasse de sa peau. Elle avait envie de se lever, d'aller voir si quelqu'un arrivait. Mais elle avait trop froid, ses jambes ne la portaient plus. Elle devrait aller demander l'aumône du côté du centre-ville, avec d'autres... d'autres comme elle. À moins qu'il ne lui faille retourner près du cromlech, à Avebury, là où l'homme l'avait trouvée. Que lui avait-il fait ? Elle se souvenait d'une grande souffrance, de quelque chose qui déchirait son ventre, qui sortait comme une fiente géante... Mais où était-elle, cette maudite chose qui était sortie d'elle ? Aurait-elle dû la garder ? Elle n'arrivait pas à rassembler ses idées, tout chez elle était brouillé par ce manque, cette faiblesse qui l'empêchait d'avancer. Qu'il vienne ! Donne-moi... juste une !

Ses yeux s'animèrent en voyant la voiture s'arrêter un peu plus loin et l'homme en descendre. Il s'approchait d'elle. Elle soupira, il n'avait rien dans les mains, est-ce qu'il n'allait rien lui donner ? C'était une grosse voiture, il devait y avoir plein de choses dedans, et l'homme, il savait quoi faire, quoi lui donner. Elle tendit la main par réflexe, personne ne passait par ici, que quelques camions se rendant à la décharge ou accélérant pour rejoindre la route principale. Elle n'était là que pour attendre l'homme qui lui donnait de la vie.

L'homme s'approcha d'elle, lui parla. Elle n'entendait rien, tendant seulement la main avec insistance. L'homme fouilla dans sa poche et lui donna un petit sachet de plastique dont elle se saisit avec avidité. Elle leva les yeux vers lui, il lui tendit encore une canette de bière. Elle ouvrit la bouche pour lui dire merci, aucun son ne sortit. Mais il avait déjà fait demi-tour pour rejoindre sa voiture. Il démarra dans un nuage de poussière.

LIVRE TROISIÈME :

Presto a Tutta Forza

I.

— Entre, dit-il.

Il s'effaça pour la laisser passer.

— Vous avez pleuré », remarqua-t-elle.

Benedict ne chercha pas à prétendre le contraire. Toute sa fierté masculine lui semblait s'être abolie comme vingt ans auparavant lorsque, jeune réalisateur frais émoulu de l'école, le service culturel de la BBC lui avait confié le soin de filmer une petite prodige du violon dans le concerto numéro 1 de Max Bruch. L'orchestre était celui de la Royal Opera Society, dirigé par un chef italien répondant au nom de Gianfranco... le nom m'échappe, mais il avait (pourquoi m'en souviens-je si bien ?) le visage partagé entre joie et douleur, un masque à la Thomas Mann. Lors des premiers repérages, tout son atavisme culturel avait méprisé cette petite poupée de dix ans qui n'était pas autre chose qu'une mécanique parfaitement réglée, dressée, sans âme ni émotion. C'était une poupée Barbie violoniste — elle en avait la blondeur. Lors de l'enregistrement de la séquence, peu avant le retour cyclique du thème élégiaque, mais un peu décoloré à ses yeux au sein des cadences fulgurantes, l'enfant s'était affaissée, évanouie, alors que le chef la portait comme dans un rêve d'ombres blanches. L'interruption brutale de la musique, ce petit corps blanc étendu, ce violon rejeté dans un geste tout à la fois impromptu et définitif, cet orchestre muet et sourd, l'avait frappé de ces stupeurs qui font aussi mal que de voler l'espérance à un enfant. Plus tard, comme par hasard, lorsqu'il avait lu dans le *Herald* un entrefilet relatant la mort de la jeune virtuose due à une crise cardiaque causée par une malformation dont elle était affligée depuis sa naissance, il avait pleuré tout comme ses larmes avaient jailli lorsqu'il avait appris la mort de Miranda.

« *Et si j'avais aimé Miranda en souvenir du mépris dont j'avais accablé cette petite violoniste ?* » pensa-t-il. Il continua tout haut :

— L'être qui nous émeut, l'avons-nous autrefois rencontré ? »

Victoria Osquith le regarda sans vouloir manifester la moindre surprise. Elle comprenait le trouble de son hôte, étant elle-même dominée par des forces violentes, contradictoires, qui motivaient en partie sa visite à Mulberry's Manor. Elle n'était pas particulièrement intime avec le couple que formaient Aurore et Benedict, mais elle avait toujours eu envers ce dernier un vif sentiment où se mélangeaient amitié et intérêt : voir unis sa sœur et le producteur avait été un de ses souhaits les plus ardents. Aujourd'hui, sans calcul ni intérêt aucuns, elle était venue partager la douleur de Benedict. Elle se devait d'être là, mue par une sorte d'instinct maternel qui excluait fermement qu'il pût être pour quelque chose dans la mort de son aînée. C'était une fille qui ne laissait jamais les émotions envahir ses raisonnements. Benedict n'avait aucune raison de tuer Miranda, pas plus qu'Aurore — pourquoi aurait-elle attendu tout ce temps ? Et elle, elle savait, ou croyait savoir, à quoi s'en tenir sur le meurtre de sa sœur.

— Tu es gentille d'être venue. Je me sens si seul...

Elle risqua :

— Vous avez Aurore.

— Je n'ai plus rien.

Un simple constat d'évidence.

— L'enterrement a lieu demain à Wroughton, fit-elle d'une toute petite voix comme si elle disait une grossièreté. La souffrance qui émanait de Benedict, du manoir même, était si tangible qu'elle s'en voulait presque de la briser par des mots. Elle regarda la bouteille d'Armagnac à moitié vide posée sur une console, guettant sa réaction. Mais il ne pipa mot, la regardant comme s'il voyait Miranda à travers elle.

— J'irai. Si je ne suis pas arrêté d'ici là.

— Cela serait stupide. Pas vous.

— Pourquoi pas ? De toute façon...

Il la regardait avec un visage blême et découragé qui semblait venir de très loin, il semblait s'en vouloir de son propre fatalisme.

— Elle m'avait dit un jour que nous ne pourrions jamais faire notre vie ensemble. Je ne pensais pas que ce serait de cette manière.

Victoria eut une expression étrange, une attitude inattendue du corps, un réflexe brutal, incontrôlé, comme si elle voulait tourner bien droit son dos au douloureux passé, celui-ci étant condamné à l'oubli.

— On dirait que vous lui en voulez d'être morte.

— Tu as probablement raison. Car son souvenir vivra en moi plus beau, plus intense que jamais elle ne le fut dans le réel. Tu n'ignores pas que, depuis mon mariage, je la fuyais, tout autant pour m'éviter regrets et souffrances que pour ne pas risquer de la blesser plus encore. Mais je sentais sa présence. Elle était là. Dorénavant, son image s'imposera plus qu'elle ne le faisait ; et cette absence charnelle me terrorise.

— Ces tourments passeront.

— Jamais, je le crains. Songes-y lorsque toi-même tu seras heureuse.

Aurore entra. Victoria pensa que jamais elle ne l'avait vue plus belle, plus épanouie.

Elle tendit la main à la jeune fille et la conserva longtemps, voulant donner à cette étreinte banale toute l'émotion qu'elle ressentait. Dans ces instants, Aurore ne voyait pas la sœur de Miranda, mais une personne de son sexe que la vie venait de meurtrir. Peut-être aussi avait-elle peur. Lorsqu'elle se dégagea, pressentant que Victoria avait tout compris, elle conserva dans sa paume une chaleur très douce. Victoria alluma une cigarette.

— Aurore... commença-t-elle.

— Arrête, j'ai tout deviné.

Benedict passa la main sur sa bouche, comme s'il voulait essuyer une tache de sauce et qu'il n'avait pas de serviette à sa portée.

— Aurore, dit-il avec effort, tu savais pour les photos ?

— Les photos ? Non, je ne connais rien de cette histoire. Mais je sais qu'une seule personne, hormis Miranda, pouvait t'empêcher de te rendre chez Casey-Wynford, continua-t-elle en regardant fixement Victoria.

— Moi ?

— Oui, vous, Victoria, qui lui ressemblez tant.

La jeune fille expliqua l'histoire des photos retrouvées déchirées chez Miranda.

150

— J'ai alors téléphoné chez vous, car je croyais que Benedict avait commis cet acte que je jugeais stupide, j'étais désemparée. Il y avait une terrible haine dans ce geste, Aurore. Et qui pouvait m'aider à l'expliquer ? Mes parents ? Alan Page ? Pourquoi pas sa fille ! Votre mari est venu, d'autant plus touché que c'étaient des photos qu'il avait prises. Il m'a réconfortée, je vous l'avoue. J'étais atrocement inquiète. Qui pouvait à ce point haïr ma sœur ?

Elle se laissa choir dans un fauteuil, prise d'une sensation de lassitude et d'une soudaine exigence de tranquillité. Victoria reprit :

— Et après, j'ai foncé à Watchfield où mes amis m'attendaient. Il y avait beaucoup de monde au pub, personne n'a remarqué ma tête, sauf mon copain qui m'a demandé si j'avais mal digéré, j'avais juste dit bonjour et j'étais restée muette ensuite. J'ai mis un moment à entrer dans la conversation. Puis je me suis efforcée de me dire que ce n'était pas si grave, j'ai pu penser à autre chose. Jusqu'à ce que...

Elle se mit à trembler, retenant son émotion. Ne parvenant pas à trouver quoi dire de plus, elle regarda Benedict, comme si elle cherchait du secours. Celui-ci fit un pas en avant :

— Il n'y a rien eu entre nous, Aurore, dit-il en se tournant vers sa femme en osant — enfin — la regarder en face.

— Je le sens. Je le sais.

Ses yeux semblaient voir au-delà de ce qu'elle disait. Elle soupira et se secoua, une question lui vint aux lèvres, qu'elle osa poser à son mari : pourquoi n'avait-il rien dit quant à son absence de la soirée ? Ce silence était de nature à l'accabler aux yeux des policiers. Benedict répondit sans hésitation :

— J'avais honte d'avoir pris autant au sérieux une chose assez futile en apparence, des photos déchirées, quelque chose de puéril. Mais, si j'en avais parlé, je n'aurais pu m'empêcher de dénoncer le coupable.

— Ce qui veut dire que tu le connais ?

— Disons que je m'en doute. »

La jeune femme pensa d'un coup qu'elle devrait insister : cet échange établissait la quasi-certitude que Benedict, tout comme probablement Victoria, avait une conviction sur l'éviction de Miranda de la surface du globe. Toutefois, à cause de l'étrange connivence qui s'établissait entre eux trois, elle sentit monter en elle une réticence à aller plus avant. Même si elle sentait qu'elle s'énervait toute seule, inutilement.

Elle s'essuya le front.

— Je serais à ta place, je...

— Tu ne garderais pas cela par-devers toi, n'est-ce pas ? Coupa-t-il. C'est pourtant ce que je compte faire pour l'heure.

Aurore se dit que cela était définitif, il n'y avait plus rien à ajouter. Elle entendit sonner onze heures quelque part. Un instant passa, puis elle se rapprocha de son mari, même si elle se sentait indécise et encore troublée par la courte scène qui venait d'avoir lieu entre eux. La présence de Victoria ne l'importunait pas, mais enlevait de l'intimité à leur peine, la rendait publique. Son regard passa de l'un à l'autre, elle se mordait les lèvres, cherchant à contenir son émotion.

— Vous avez tous les deux beaucoup de peine... et on dirait que vous êtes seuls à la porter...

Cela avait été dit d'une voix atone, mais dont transparaissait une émotion puissante. D'instinct, Victoria se leva et lui prit les mains avec tendresse avant de sentir son visage rougir de confusion. Aurore la serra dans ses bras. Benedict était demeuré immobile, distant.

— Je crois que je vais chialer », dit Victoria.

II.

Pour elle, tout avait été en demi-teinte, ou presque, jusqu'au moment où celui qui l'interrogeait — visiblement le patron des deux autres policiers présents dans la pièce — lui avait déclaré qu'Alan Page était leur principal suspect. Cette affirmation, qui, elle l'avait aussitôt senti, n'était pas lancée au hasard lui avait soulevé le cœur, non pas par sa brutalité intrinsèque, mais par les doutes pervers qu'elle allait semer dans son esprit. Fay s'était sentie prise de nausées et avait maladroitement pris la défense de celui avec qui elle venait de se réconcilier, tant elle ressentait à travers ce malaise un mélange de crainte, de lassitude, de détresse pure et simple.

On l'avait congédiée comme une mauvaise élève, et, lorsqu'elle se retrouva sur le trottoir, une défaillance l'étreignit si fortement qu'elle dut se raccrocher quelques instants au mur du poste de police. Cela lui rappela de douloureux instants, lorsqu'elle était enceinte d'Emily et qu'elle s'efforçait d'assumer ses tâches quotidiennes sans rien laisser paraître de ses angoisses et de ses souffrances, pour ne pas alarmer son mari, que son amour d'alors ménageait le plus possible. Qu'en serait-il maintenant ? Aurait-elle encore la force de dissimuler toutes les inquiétudes de sa chair et de son esprit ?

Si elle avait pu raisonner en toute objectivité, elle aurait pu se dire que l'accusation lancée par la police contre Alan était pour elle une excellente occasion de faire le point, non sur ses sentiments — elle pensait les avoir définis —, mais sur la façon de les assumer, sur l'attitude à avoir vis-à-vis de son mari et des autres.

Elle s'en sentait toutefois incapable, trop choquée, trop perturbée. Lorsque le malaise nauséeux s'envola, elle se redressa comme pour affronter un ennemi invisible et rejoignit sa voiture. Elle ne démarra pas tout de suite, reprenant son souffle derrière le volant.

Fay n'arriva pas à se représenter Alan coupable de meurtre, surtout d'un acte aussi violent. Il était plutôt du genre à agir subrepticement, à dissimuler ses actes et plus encore les raisons qui les motivaient, qu'il n'arrivait pas à expliquer par des mots le plus souvent. Ainsi, elle n'avait jamais pu savoir pourquoi, alors qu'elle avait toujours été sexuellement disponible, Alan éprouvait de temps en temps le besoin d'une passade qu'il trahissait dans ses attitudes penaudes immédiatement après. Ses copines à qui elle s'était confiée lui avaient dit « Mais enfin, ma vieille, c'est un homme ! Ils sont tous pareils ! Ils veulent savoir s'ils peuvent toujours plaire… » et aussi « Eh bien, tu n'as qu'à faire pareil, et quand il s'en apercevra, ou plutôt quand tu le lui diras, car ils sont trop orgueilleux pour le soupçonner, tu répondras "match nul". Et le pompon : "Attends un peu, tu verras quand dans quelques années il fera les sorties d'école !"

Elle avait longtemps considéré ces brèves infidélités avec un mélange d'une pointe de dépit jaloux et d'indulgence légèrement amusée, lui faisant comprendre sans le dire, simplement par son attitude, son expression, et quelques allusions qu'elle n'était pas dupe de sa panne de voiture ou de son ancien copain d'école rencontré par hasard. Tout s'était passé ainsi jusqu'à l'irruption de Miranda aux Granges, car, là, elle avait tout de suite senti qu'il ne s'agissait pas d'une pulsion sexuelle, d'un besoin d'étreindre un moment un corps inconnu, toujours renouvelé, mais bien d'un sentiment plus profond qui n'avait pas besoin de rapports charnels pour peu à peu gonfler jusqu'à l'accomplissement. Tel un renard qui sent les chiens avant même de les entendre, elle avait immédiatement flairé le danger. Son instinct ne l'avait d'ailleurs pas trompée, et la jalousie, la vraie, celle qui torture, avait étendu son aile sur elle, la rendant méfiante, hypocrite, rongée par une haine envers aussi bien Miranda que son époux. Plusieurs fois, ses nerfs l'avaient lâchée, et c'était en grande partie parce qu'elle s'usait de rancœur qu'elle avait demandé le divorce. Plus Alan témoignait d'affection à Miranda, en tentant de celer ce sentiment si maladroitement qu'il en devenait aussi éclatant qu'un diamant, plus elle avait senti son cœur se racornir, se rétrécir jusqu'à devenir une pierre d'exécration. Oui, elle avait haï avec une telle intensité qu'elle en était parvenue à vénérer cette haine, à la cultiver si soigneusement que celle-ci était devenue visible par tous, s'exsudant dans ses mots comme dans les pores de sa peau.

Elle s'aperçut qu'elle avait le visage appuyé contre le volant et envahi par des larmes qui avaient un sale goût de sel. En se mouchant, elle se sentit prise d'une nouvelle interrogation : cette détestation si visible, comment se faisait-il qu'elle ne soit pas revenue aux oreilles de la police ? Pourquoi ne l'avait-on pas questionnée à ce sujet ? Pourquoi ne lui avait-on pas demandé ses faits et gestes au moment où... La soupçonnait-on ?

III.

Le pub était désert à cette heure, et de plus, Rockwell s'était isolé dans le coin le plus sombre, le plus intimiste, du *Corsaire Rutilant*. Très tôt ce matin-là, il était sorti de Watermead et s'était rendu à Stanton Saint Bernard où il avait emprunté le cheval de Seamus Casey-Wynford, un bon gros Irlandais alezan nommé Rogan. Son ami lui avait dit que cela signifiait "rouge", il portait bien son nom, roux de poil avec une crinière épaisse et hirsute. Et, cela amusait le superintendent, même son cheval était irlandais, comme son whiskey, on n'oublie pas ses origines... Bien qu'il préférât l'américain Henry James à Oscar Wilde ou Georges Bernard Shaw.

Le superintendent s'était promené au pas et au petit trot — Rogan était toujours partant pour une promenade, mais n'appréciait pas d'être bousculé, lui aussi avait sans doute envie d'admirer le paysage — par des petits chemins en suivant les lignes de crêtes des collines. Il s'était dirigé vers West Kennett et s'était alors dit qu'il était temps de rentrer lorsque, sur la petite route, une voiture s'était arrêtée et le conducteur lui avait fait signe. C'était Ralph Gerson. Il était descendu de cheval, notant, au passage, que le peintre avait l'air de craindre l'animal, et s'était empressé de passer les rênes par-dessus l'encolure pour l'attacher à une barrière. Le cheval ne tenait apparemment pas à participer à la conversation et s'était mis à brouter. Gerson, après quelques échanges d'ordre général, lui avait fait comprendre qu'il désirait le rencontrer. Quint-William aurait pu le recevoir chez lui, mais, par une étrange pudeur ou une divination des choses à venir, il avait convenu d'un rendez-vous au pub.

Il commanda un whisky, et, la première gorgée avalée, regretta son choix : la qualité n'avait rien de commun avec ceux qu'il pouvait avoir chez lui, et encore moins avec les précieux whiskeys de son ami Casey-Wynford. Il s'efforça de le faire passer avec une chope de bière ambrée. Par chance, elle était assez fraîche. Lorsqu'il le rejoignit à sa table, l'artiste, lui, commanda un double gin, et Rockwell, en le voyant, songea qu'il devait avoir déjà bu, surtout vu la façon hésitante avec laquelle il était parvenu à garer sa voiture. Il avait eu de la chance de ne pas s'être fait arrêter par la police, et surtout de ne pas avoir causé d'accident.

Pourtant, Ralph Gerson parlait avec son aisance habituelle, même si ses yeux trahissaient l'inquiétude, voire l'angoisse. Le policier, par un réflexe professionnel, devina qu'il lui serait difficile de "confesser" son vis-à-vis, bien que ce fût lui qui ait demandé l'entretien.

Gerson avala une gorgée d'alcool.

— Je sais que l'on pense que j'ai pu tuer Miranda.

— À cause de votre toile ?

— Cela aussi, vous le savez. La police n'est pas si mal faite, même si Hyatt est un con fini. C'est pourquoi, d'ailleurs, je m'adresse à vous. Pianiste, vous êtes comme moi, un peu artiste. Vous devez pouvoir me comprendre, non ?

Quint-William remarqua une tache rouge qui avait surgi sur le visage de son interlocuteur. Avait-il du mal à dire les choses, ou mentait-il ? Il opta pour la présomption d'innocence, mais en n'oubliant pas l'alcoolisme. Il prit la parole, sur un ton sérieux et professionnel :

— Je peux vous comprendre. À condition que vous me parliez franchement, et ce d'autant plus que je n'ai pas la responsabilité de cette enquête. Je puis donc oublier certaines choses, dit-il pour le mettre en confiance.

— Laura.

La tache rouge s'agrandissait, mordant les joues, la naissance du front. Rockwell laissa passer quelques secondes.

— Vous la soupçonnez d'avoir tué Miranda Osquith ?

Il venait de frapper un grand coup, en jouant à pile ou face. Gerson pouvait se fermer comme se livrer. Le débat qui agitait l'esprit du peintre fut de courte durée, comme s'il s'était déroulé antérieurement et que la raison l'eût finalement emporté.

— Je ne sais pas. Je ne sais plus. En revanche, pour le gosse, j'en suis à peu près sûr.

Une odeur de friture s'infiltrait dans la salle.

— Voyez-vous, poursuivit-il, j'aime ma demi-sœur. Oh, pas ce que vous pourriez aller imaginer. Ce que j'éprouve pour elle n'a rien d'équivoque, c'est un amour très pur. Oui, bon, le mot peut paraître obsolète ou ridicule, à notre époque. Il ne l'est pas pour moi. J'aime Laura. Avant tout parce qu'elle a souffert dans sa chair et qu'elle continue de souffrir dans son esprit. Pardon, vous savez ce qui lui est arrivé autrefois ?

— Je l'ai su par le docteur Flynn. Un jour, elle avait repoussé un garçon qui l'avait importunée, avec une violence disproportionnée, il avait été blessé. Flynn nous avait expliqué à Hyatt et à moi, et comme il n'y avait pas eu de conséquences fâcheuses, l'affaire s'était arrêtée là.

— Oui, effectivement, je ne me souvenais plus que vous fussiez là à cette époque. Donc, il est possible que ce qu'elle a souffert, elle cherche à le faire payer aux autres.

— Et ce serait cette souffrance qui l'aurait conduite, selon vous, à assassiner ce nouveau-né ?

— Je le crains. Laura a toujours été victime d'absences, de moments incontrôlés où ses gestes lui échappaient. Ajoutez à cela qu'il lui est impossible d'avoir des enfants, et vous pourrez partager mes doutes. J'ajoute que, cette nuit-là, elle ne rentra pas avant l'aube à Dagog Corner.

Rockwell eut l'impression que le peintre se défaussait sur sa sœur. Il n'en poursuivit pas moins la conversation.

— Vous dites qu'il lui est impossible d'engendrer. Des suites du viol ?

— Oui, une hémorragie s'était déclarée, elle a dû être hospitalisée, opérée. Le coupable, son père, a été arrêté et s'est suicidé dans sa cellule. J'étais en stage à l'étranger, à l'époque, j'ai su tout cela par ma mère qui était déjà gravement malade à l'époque. Mais depuis, elle est sexuellement perturbée, voire irrémédiablement "bloquée". Psychologiquement, il lui est impossible d'avoir des relations sexuelles. Vous voulez tout savoir ? L'histoire du mec qu'elle a bousculé n'est rien. Quand elle avait seize ans — nous vivions encore à Londres à l'époque — elle a eu un boy-friend. Le gars, bien entendu, a voulu la baiser. Ma sœur s'est défendue avec un couteau de cuisine et a voulu sectionner le sexe du mec. Heureusement, elle n'a fait que le blesser superficiellement. Il a fallu ensuite interner Laura tant elle délirait. Elle parlait de bébés, de tous ceux qu'elle aurait voulus et savait ne pas pouvoir avoir, tour à tour se prenant d'amour pour des poupées, ou les brisant avec une haine tout à la fois incontrôlée et symbolique.

— Vous voulez dire que, tombant par hasard sur cet enfant abandonné, elle aurait été la proie de ce qu'il faut bien nommer une crise de démence poussée jusqu'au crime ?

— Oui.

— Mais alors, pourquoi cette carrière ? Pourquoi la disposition emblématique des organes internes du nouveau-né ? Cela relève plus du calcul que de la folie furieuse, même motivée par toute une symbolique.

Gerson finit son gin d'un coup et alla en chercher un autre.

— Toutes ces questions, je me les suis posées des jours et des nuits sans pouvoir y apporter des réponses satisfaisantes, ce qui n'empêche pas ma conviction de demeurer intacte : Laura a quelque chose à voir avec la mort de cet enfant.

— Donc, selon vous, votre sœur aurait le profil psychologique du criminel idéal ?

— Hélas. »

Il s'absorba dans la contemplation de son verre qu'il tournait et retournait dans ses mains. De son côté, le superintendent se demandait à quoi rimaient ces confessions qu'il pressentait en partie avortées. N'ignorant rien des affaires de mœurs pour lesquelles son interlocuteur avait subi diverses condamnations, il ressentait un malaise diffus. Le peu qu'il ait vu Laura, il lui avait toujours semblé que la jeune fille cachait aux autres une part d'ombre néfaste. Il comprenait pourquoi, mais il voyait mal cet aspect noir réussir à la pousser jusqu'au crime abject d'un être sans défense. Si les arguments du peintre n'étaient pas sans valeur, Quint-William demeurait toutefois sur la défensive, ayant l'impression que quelque chose ne collait pas. Mais il ne savait pas quoi précisément, car ce n'était qu'une impression. Il songeait que Gerson, si ses sentiments pour sa sœur étaient réels, aurait dû être très malheureux. Or, il ne l'était pas. En poussant les choses à leur extrême, Rockwell aurait même pu s'avouer qu'il sentait sourdre une certaine jubilation chez son interlocuteur. Comme si sa sœur venait de rejoindre le club très fermé des pervers...

— Pourquoi, dit-il, venez-vous me la dénoncer ?

— Je ne la dénonce pas, je fais part de ma suspicion à quelqu'un qui, vous l'avez dit vous-même, n'est pas chargé de cette enquête. Ce n'est sûrement pas à Hyatt que j'aurais été cracher tout cela !

— Je peux le lui répéter.

— Mais vous ne le ferez pas.

— Non, je ne le ferai sans doute pas... »

Et, s'il s'abstenait, c'était peut-être, paradoxalement, qu'en dépit de ses doutes, il sentait comme un fond de vérité dans les déclarations du peintre. Il pensa que le meurtre de Miranda ouvrait chez tous ceux qui y étaient plus ou moins mêlés la porte secrète de leur personnalité la plus intime, celle que l'homme s'efforce le plus souvent de dissimuler, car il veut paraître autre que la nature l'a créé. Ainsi celui qui est conscient de sa faiblesse affectera une grande assurance jusqu'à parvenir à s'en convaincre et à en convaincre les autres. Le superintendent se demanda si, à l'inverse, Gerson, sous sa carapace d'artiste talentueux, mais manquant de volonté et noyant ce manque dans l'alcool, ne cachait pas un être fort, calculateur et plein d'autorité.

— Avez-vous la moindre preuve concrète de ce que vous avancez ?

Ralph prit le temps de réfléchir.

— Non... Sauf l'absence de Laura cette nuit-là. Je m'en suis aperçu de façon fortuite, la porte de sa chambre était restée ouverte, la lumière était allumée. Pensant qu'elle s'était endormie en l'oubliant, j'ai voulu l'éteindre et ai vu qu'elle n'était pas dans son lit, ni dans la salle de bains, ni ailleurs.

— Vous l'avez questionnée à ce sujet ?

— Elle m'a dit avoir besoin de solitude nocturne.

— De sa part, cela vous a paru absurde ?

— Au début, non.

— Hum...

— J'ai révisé mon opinion lorsque j'ai été informé de l'assassinat du bébé...

— Et pour Miranda Osquith ? A-t-elle un alibi ?

— Guère plus que moi. Vous savez que j'étais allé acheter divers trucs à Swindon. Donc, elle est restée seule à la maison.

— Vous-même avez été fort long à procéder à vos achats...

Le visage de Gerson frémit, ses yeux reflétèrent immédiatement de l'inquiétude, sa bouche trembla.

— Je ne l'ai pas tuée. Je ne l'aimais pas assez pour la tuer. Miranda était une personne qui fournissait un modèle intéressant. Voyez-vous, Rockwell, j'ai toujours assumé mes plus horribles désirs, mes pulsions les plus bestiales. Vous êtes sûrement au courant de beaucoup de choses. Je ne les renierai pas. Je ne veux pas jouer à l'innocent, je suis trop seul avec moi-même pour que la lucidité m'échappe. C'est cette clairvoyance qui m'a amené à vous parler de Laura, entre parenthèses. En agissant ainsi, je me suis imposé un renoncement. Je me suis damné.

Les mains de l'artiste tremblaient sur la table. Le policier se demandait où, réellement, son vis-à-vis désirait en venir. Il l'encouragea à parler :

— Miranda ?

L'odeur de sauce graillonnée devenait presque insupportable.

Un type entra, à l'apparence de bûcheron. Il commanda une pinte d'ale puis se mit à rouler une cigarette. Le patron lui montra aussitôt la porte : « No smoking ! ». Le gars sortit avec sa bière, après l'avoir payée.

— Elle ? J'aurais pu la noyer pour voir ce qui se passe quand on crève et me servir de cette expérience pour peindre... Elle ou une autre, ou un autre. N'importe qui, en fait. Mais je ne suis pas un tueur, Rockwell. J'ai goûté l'abjection jusqu'à la lie, soit. Toutefois, il demeure des choses qui me sont sacrées : le sacrifice d'une jeune fille m'apparaît insoutenable, même si son meurtrier a dû éprouver un frisson assassin entre les cuisses en l'immolant, voire un enchantement triomphal de tout son être, un embrasement du corps, une éjaculation totale, brutale, une jouissance presque astrale. Oui, je peux comprendre celui qui a tué la petite Osquith, mais je ne porte pas sur moi l'odeur putréfiée d'un cadavre. »

Sa voix avait peu à peu monté en puissance, jusqu'à crier les derniers mots. Soudain, il se redressa, porta la main à sa bouche comme pour contenir un hurlement muet. Il sentit tout à la fois son cerveau se mettre à bouillir et se glacer, irradiant dans tout son corps une lame de feu d'iceberg qui lui vrillait les nerfs, lui enfonçait des clous dans les muscles. Il se jeta sur le sol et se tordit sur le carrelage à la manière d'un ver sous la bêche d'un jardinier. Surpris, Rockwell se leva et se précipita pour écarter les chaises. Le bûcheron, qui rentrait, réagit aussi vite et tira la table.

— Laissez-le s'rouler sur le sol. S'fera pas de mal. Et téléphonez au toubib. »

Le patron du pub appelait déjà. Rockwell s'arrêta, subitement tétanisé. Non par la crise d'épilepsie du peintre, mais par ce qui venait de jaillir de la poche du blouson de Gerson à la suite de ses convulsions : un couteau suisse à manche de bois. Un « Opinel ». Prestement, il attrapa une serviette en papier sur une table et ramassa l'objet qu'il glissa dans sa poche.

— Sacré accès qu'il a, votre copain » fit le bûcheron en lui tapant dans le dos pour le réconforter.

IV.

Seamus Casey-Wynford écoutait *L'Art de la Fugue*[8] joué par Glenn Gould. Avec Henry James, Bach était son autre passion. Il pensait d'ailleurs que l'émotion, la sérénité tendre et parfois désespérée du Cantor se retrouvait chez certains personnages de l'auteur du *Tour d'Écrou*. Il songea qu'il devrait tenter un essai à ce sujet, si son âge lui en laissait le loisir. Il se sentait très fatigué en ce début d'après-midi. Fidèle à son habitude, il n'avait que légèrement déjeuné, ce ne pouvaient être les lourdeurs d'une digestion difficile qui engendraient cette lassitude. Ce devait être plutôt le dégoût qu'il éprouvait à l'égard de l'existence depuis la mort de Miranda.

Il avait l'âme desséchée jusqu'à désirer que le passé soit gommé tout en ressentant, avec désolation, car il n'avait jamais éprouvé ce sentiment, un obscur désir de vengeance ou, plutôt, de faire justice lui-même, devinant que Hyatt, et même aussi Rockwell, risquaient de ne jamais soupçonner

---

[8] *L'Art de la Fugue (« Die Kunst der Füge »)* est une œuvre de Jean-Sébastien Bach, commencée vers 1740 et restée inachevée à la mort de son auteur (1750), terminée par son fils Karl Philip Emmanuel Bach. L'œuvre consiste en un ensemble de 14 fugues et 4 canons, écrits à 4 parties, en ré mineur, qui semblent n'être que des travaux de contrepoint sans destination instrumentale précise. Elle est généralement jouée au clavier (clavecin, orgue ou piano), et son exécution dure environ une heure.

l'identité du criminel... ou *des* criminels. Il savait qu'on se trompait aisément en se conformant aux signes extérieurs : le vice, lui, était comme du bétail broutant : trop offert au jour pour être remarqué. Et offert aux besoins de sensations du public par les médias qui ne perdaient jamais une occasion de rédiger une colonne ou de diffuser un reportage sur un sujet bien sanglant, histoire de distraire un public friand d'horreurs.

Tout cela le révulsait, il était fatigué de tout ce qu'il avait dû voir, rédiger, statuer, classer dans sa carrière de magistrat. Des faits humains traités par le filtre d'un barème. Il se sentait le besoin d'une médication psychologique, d'un placebo qui lui masquerait les trous d'ombre les plus incertains de la réalité. Mais il était désireux d'accomplir au plus vite une tâche que lui seul savait pouvoir mener à bien. Il appela son domestique et lui signala qu'il allait sortir et qu'il reviendrait dans peu de temps.

Il s'installa au volant de sa Bristol. Si sa fatigue n'avait pu s'évaporer, une énergie nouvelle fouettait son cerveau pour amorcer une volonté ou un destin. Il n'avait plus rien d'autre sur le cœur, sans savoir très exactement pourquoi. Il avait bien aimé Miranda, l'avait appréciée, certes, mais de là à agir comme il s'apprêtait à le faire... De là à aller remuer le bourbeux marigot de passions d'êtres humains qui, en fait, lui paraissaient presque étrangers... De là à...

V.

Elle s'éveilla de son cauchemar en poussant un petit cri de désespoir et surtout de douleur. Un coup de soleil sur le devant de ses cuisses, rouges comme si on l'avait battue. Il lui était impossible de bronzer. Son teint, trop pâle, ne retenait du soleil que les morsures. Elle effleura de la main le haut de ses jambes en grimaçant puis se rallongea dans l'herbe, bras écartés. Son short, qui la serrait un peu, lui fit progressivement réintégrer le monde de la réalité manifesté par les bruits des oiseaux, le son d'un tracteur dans le lointain, le crissement d'une voiture stoppant devant Les Granges. Elle se redressa, ayant oublié son cauchemar – quelque chose comme un train fou fonçant dans un tunnel...

La curiosité venait de piquer Emily. Elle avait parfaitement conscience de ce défaut, savait qu'il n'était pas correct d'écouter aux portes ou de fouiller dans les affaires de ses parents, mais elle l'assumait avec la désinvolture de son âge. En prenant son temps, son ballon sous le bras, elle regagna la maison de son père.

Une voiture s'approchait, Emily crut qu'il s'agissait du docteur Flynn et se demanda qui était malade... Non, c'était celle de Monsieur Casey-Wynford. Elle s'arrêta net. Comme tous les gens du cru, elle connaissait l'importance de l'ancien magistrat. Il se passait quelque chose de grave, et Papa est concerné.

En marchant à pas comptés, sans faire de bruit, elle avança silencieusement, en se dissimulant, près d'une porte-fenêtre demeurée ouverte. Et écouta.

— Voilà comment je vois les choses, Page, disait le vieil homme. « Vous vous êtes débrouillé pour subtiliser les épingles offertes à Miranda par Mrs Mac Stroud. Il se peut que vous ayez obéi à la jalousie, mais il y a pour moi une autre raison. C'est à dessein que vous vous êtes procuré ces bijoux. À l'époque, Miranda venait tous les jours chez vous et votre veulerie, votre intérêt aussi, vous empêchait de la chasser de votre maison. Certes, vous la payiez, mais bien moins qu'un lad que vous auriez embauché normalement. De vous, elle acceptait de recevoir la moitié de ce qu'elle aurait gagné ailleurs. Avec ces objets, vous pouviez la compromettre dans un crime, ce qui vous en aurait débarrassé définitivement.

Page ne disait rien, mais on l'entendait respirer, comme oppressé. Casey-Wynford continua :

— Je sais que parfois vous allez à Avebury chez une personne, disons, accueillante. En repartant, il se peut que vous ayez eu un besoin naturel à satisfaire. L'ancienne carrière n'est pas loin de la route, les mégalithes peuvent dissimuler quelqu'un, vous pouviez vous arrêter et y descendre. Qu'un meurtre abject y ait été commis quelques jours plus tôt n'est pas pour vous effrayer. Les épingles sont sans doute dans votre poche, vous n'auriez pas pris le risque de les laisser aux Granges, sachant que Miranda, tout comme votre fille, pouvait chercher quelque chose et tomber dessus. Alors vous est venue l'idée de la compromettre : vous enfouissez les épingles, pas trop profond, juste un peu, pour faire croire qu'elles sont là depuis un certain temps. Depuis le meurtre. Votre lâcheté, Page, m'écœure véritablement.

Si l'ancien magistrat avait su que la petite Emily n'avait pas perdu un mot de ses paroles, aurait-il ainsi discouru ? Peut-être eût-il édulcoré ses propos, mais rien n'aurait pu l'empêcher de formuler ses accusations, même s'il avait vu ses yeux qui se remplissaient de larmes et ses jambes qui flageolaient. Emily, complètement désemparée, attendait, avec une espérance folle, que son père se défende et rejette de telles accusations. Mais, au contraire, il ne disait rien. Si elle avait pu voir sa figure, tout espoir se serait évanoui en elle. Il parla enfin, pour dire d'une voix affaiblie :

— Vous n'avez aucune preuve de ce que vous avancez...

Casey-Wynford eut un bref éclat de rire.

— Évidemment non ! Mais je sais. Vous ne dites rien, vous ne protestez pas. Oh, je ne vais pas vous envoyer en prison, ce que vous avez fait n'est rien. Juste une tentative pour égarer la police. Une imbécillité. Mais on n'emprisonne pas les gens pour bêtise.

— Je vois... »

Silence. Emily s'appuya au mur à s'écraser, les coups de soleil sur ses cuisses la brûlaient. Mais elle n'y prit pas garde, elle attendait, les poings serrés.

— Je vois... » Répétait son père.

Il avait l'apparence d'un homme défait, comme vaincu par un adversaire plus fort et mieux armé, et que tout reste d'honneur a fui. Mais comment Casey-Wynford avait-il pu deviner ?

L'expression de l'ancien magistrat avait maintenant une nuance de charité. Il avait pitié de cet homme, qu'il jugeait lâche, mais surtout indécis, embrouillé dans ses sentiments et ses désirs. Il ne parviendrait pas à se comprendre, encore moins à comprendre les autres.

— Cependant, je suis convaincu, fit-il d'une voix radoucie, que vous ne l'avez pas tuée, car vous ne pouviez aller jusque-là. Pas directement, du moins.

— Qu'allez-vous faire ? Me dénoncer ?

— Non, je vous l'ai dit, cette histoire de bijoux n'est qu'un détail au sein d'un ensemble infiniment plus vaste. Hyatt remontera peut-être jusqu'à vous, mais que pourra-t-il réellement apporter comme preuve ? En revanche, maintenant que vous n'ignorez pas que j'ai connaissance de cette affaire bête et méchante, je vous conseille la plus grande prudence. Un geste maladroit de votre part...

— Vous me menacez ?

— Prenez-le comme vous voulez — la voix était redevenue tranchante —, mais sachez que ce n'est pas parce que vous tentiez de vous réconcilier avec votre femme qu'il a pu vous échapper que Miranda, jusqu'alors d'un caractère très enfantin, devenait enfin adulte et commençait à s'y retrouver dans ses sentiments encore très embrouillés. Peut-être avez-vous essayé de la violer et, en s'enfuyant, a-t-elle eu cet accident... dont quelqu'un a sans doute profité ...

— Je venais de la chasser... de cela, je me sens coupable. Mais j'étais résolu à ne plus l'employer, je ne voulais plus la voir ici.

— À cause différente, effet semblable... De plus, à ce sujet, nous n'avons que votre seul témoignage.

L'attitude d'Alan Page changea alors. Sa voix se fit plus autoritaire, comme lorsqu'il bousculait un cheval vicieux ou rétif.

— C'était une foutue garce, Monsieur. De ces femelles qui affolent et savent si bien cacher leur indifférence aux souffrances des autres, leur mépris de ce que peuvent

éprouver les hommes qu'elles nous font longtemps illusion..
Une allumeuse, voilà. C'était tout. Une sacrée chienne de
garce, croyez-moi... »

Emily ne revenait pas de sa surprise. Enfin son père
avait percé Miranda à jour. Son esprit encore enfantin ne
pouvait se rendre compte que les choses n'étaient pas si
simples, que son père raisonnait de manière fruste. Mais elle
se disait que, dans ce chambardement qui agitait les êtres,
elle ne pouvait pour l'instant être qu'une comparse, un
écuyer qui assiste son chevalier et qui ne connaît que
l'essentiel. Cela augmentait son malaise. Elle se força à
respirer un grand coup alors que la conversation reprenait
dans la pièce. Bien que la température soit encore estivale,
elle eut froid tout d'un coup. Elle se sentit toute courbatue,
comme le jour où elle avait fait une méchante chute de
cheval et qu'étourdie, le corps glacé et endolori par la
commotion, avec une jambe qui la lançait et qu'elle n'osait
replier, elle avait pleuré comme si elle avait mal agi tandis
que ses yeux étaient éblouis par la couleur grise devenue
incandescente des nuages.

Ce fut alors qu'elle commença à sentir l'odeur de brûlé
apportée par le vent. Puis elle distingua dans le ciel des
stries de fumée. Cela venait de plus loin, vers Dagog Corner.
« Le village brûle et moi j'ai froid », se dit-elle.

Elle sentit que les deux hommes, ayant remarqué
également l'odeur, allaient sortir de la pièce, elle trouva des
ressources nécessaires pour prendre ses jambes à son cou.
« Non, que Papa ne se doute pas que j'ai entendu », pensa-t-
elle en se réfugiant dans l'écurie. Elle tremblait comme si
elle était poursuivie, il lui semblait que tout autour d'elle
allait s'écrouler ou flamber. Un cheval hennit, d'autres,
sentant l'odeur de brûlé qui devenait plus précise, s'agitaient,
grattaient le sol, ronflaient, et se mirent à hennir, à gémir

plutôt. Emily se réfugia dans le box de son poney et enfouit son visage dans la crinière épaisse. Elle resterait là jusqu'à ce que le calme soit revenu.

Avec une agilité surprenante pour son âge, Casey-Wynford s'était rapidement glissé au volant de sa voiture.

— Restez ici au cas où le feu s'étendrait, intima-t-il à Page en démarrant. De fait, on apercevait maintenant des flammes monter dans le ciel. Alan Page décrocha un extincteur du mur et le garda près de lui. Il vérifia également que le tuyau d'arrosage était bien fixé au robinet.

Il y eut aussi, dans le lointain, le bruit des sirènes qui semblait converger vers un endroit précis, un lieu que l'ancien magistrat devinait, sachant qu'il allait y respirer la mort. Les pneus de sa voiture crissèrent dans le tournant menant à Dagog Corner. Le bâtiment flambait en répandant dans l'atmosphère une suffocante odeur de graisse carbonisée. Il se gara dans un endroit dégagé et avança vers les voitures de pompier et les ambulances. Juste à temps pour voir Laura — ou ce qui avait été Laura — être sortie de la maison en flamme. Son corps fumait, ses cheveux n'étaient que cendres noircies et des flammèches jaillissaient encore de divers endroits. Un pompier dirigea un jet de mousse carbonique sur le corps qui grésillait en exsudant d'horribles relents de chair brûlée.

« C'est trop tard, se dit le vieillard, elle meurt, ou elle est morte. Elle a dû atrocement souffrir ». Les vêtements consumés laissaient entrevoir les os.

— L'ambulance, putain, l'ambulance, cria un pompier. Il y eut des infirmiers, et le docteur Flynn qui était là s'approcha du corps, puis leva les mains en signe d'impuissance.

Casey-Wynford se détourna, sachant Laura morte. La chaleur devenait intolérable, des gerbes dorées et convulsives jaillissaient du faîte des murs. Et il y avait les bruits : des poutres s'écrasaient les une sur les autres, les engins des pompiers, les arbres alentours qui brûlaient, les bruits des derniers instants d'une forêt, d'un anéantissement qui paraissait prendre son temps pour réduire cet endroit en ruines calcinées.

Dans un hurlement de freins martyrisés, deux voitures stoppèrent près de lui. Il vit Hyatt descendre de l'une d'elles, puis reconnut la Mustang de Gerson. Celui-ci s'élança comme un dément vers la maison en train d'agoniser, avant d'être ceinturé par un pompier.

— Mes toiles ! Mes toiles ! hurlait-il. Cette salope a détruit mon œuvre ! »

VI.

Rockwell avait passé sa matinée à effectuer son pèlerinage annuel à Eddington, près de Westbury, pour y revoir, peut-être même y ébaucher une prière, l'église saxonne de la ville. Bâtie au milieu du quatorzième siècle, elle évoquait plus, par sa beauté et sa majesté, une cathédrale qu'une simple église. Sa mère, qui était très pratiquante, aimait à venir s'y recueillir. Et Quint-William ressentait au fond de son âme le besoin de poursuivre cette tradition.

Puis il était allé déjeuner dans un petit restaurant à la lisière de la ville, où enfant, sa mère l'avait parfois emmené. Bien sûr, la direction avait eu le temps de changer plusieurs fois, mais le décor était toujours du même style. Cela, ainsi que la qualité de la cuisine, l'apaisait. Il en avait particulièrement besoin, Hyatt lui ayant demandé de le recevoir à Watermead vers le milieu de l'après-midi. Curieusement, le superintendent appréhendait cette visite, car il éprouvait d'avance le sentiment que rien n'en ressortirait, que Hyatt se raccrochait à lui parce qu'il se débattait dans une enquête aussi inextricable qu'un marécage.

Histoire d'avoir quelques précisions, Quint-William avait téléphoné au docteur Flynn, qui lui avait appris que Laura l'avait appelé sur son portable et demandé de venir, sur un ton affolé, semblant appeler au secours. Étant à

Swindon, il n'était arrivé que bien plus tard, alors que la maison flambait. Il n'avait pu que constater le décès de Laura.

La mort atroce de la jeune fille, la folie furieuse qui s'était emparée de son demi-frère, l'incohérence de plus en plus absurde d'une affaire indéchiffrable, tout cela avait achevé de désarçonner le policier de Swindon. Lorsque Rockwell le reçut, il fut frappé par le tumulte des sens qui se lisait sur son visage, un chaos complet. Il se laissa tomber sur un fauteuil et son hôte fut surpris de le voir amaigri, avachi, usé. Il se demanda si ses supérieurs ne lui avaient pas intimé l'ordre de le consulter. Ce qui le taxait d'incompétence à ses propres yeux.

— Incendie criminel, bien sûr, lâcha Hyatt en portant son verre de brandy à ses lèvres. De l'essence partout, sauf dans la maison même. Mais qui ? Laura Gerson ? Ou quelqu'un d'autre ? On pouvait inonder les dépendances sans trop de risques d'être aperçu depuis l'intérieur.

— Les voisins n'ont rien vu ?

— Vous savez que cet endroit est laissé à l'abandon, à part les bâtiments du domaine et un bout de jardin, qui ont été refaits quand Gerson et sa sœur l'ont acheté. Plein de broussailles, beaucoup d'arbres, on ne voit rien. Si, un fermier a entendu des voitures passer sur la route. Plus, selon lui, que d'habitude. Mais bon...

Rockwell fut étonné de l'amertume du ton.

— Des sonorités de voitures ordinaires ?

— C'est curieux que vous me posiez cette question. En effet, ce brave homme a cru discerner le bruit d'un moteur de voiture de sport. Mais qu'y connaît-il ? Ç'aurait pu être vous et votre Jaguar !

— Ou Mrs Mac Stroud et son Aston-Martin !

Il avait dit cela en souriant, avec un geste dubitatif de la main. Il s'ensuivit un silence bizarre, comme si les deux interlocuteurs prenaient la mesure de ce qu'ils venaient d'avancer. Puis Hyatt dit :

— Évidemment, le plus simple serait de conclure que Laura Gerson a tué la petite Osquith pour des raisons X ou Y, et s'est ensuite immolée par le feu. Mais cela ne peut nous satisfaire, n'est-ce pas ?

— En effet.

— Pas plus qu'une crise de folie ou autre chose de ce genre. Je suis au courant des « absences » de Laura Gerson. Si le feu avait été d'origine accidentelle... Mais les experts sont formels : on a délibérément incendié le bâtiment et les dépendances, je le répète. Non, à mon sens, cette destruction est à lier aux deux précédents meurtres. Même si je me pose la question suivante : a-t-on voulu détruire la maison, l'œuvre de Gerson, ou tuer sa sœur ?

— À mon humble avis, Hyatt, la mort de Laura relève, elle, d'un accident.

— C'est aussi mon opinion, à première vue.

— Gerson avait-il des conflits avec ses voisins ?

— Il ne reste que deux couples de retraités dans les maisons voisines. Et ils estimaient Gerson parce qu'il avait retapé la maison, et aussi parce que c'était un artiste reconnu. De plus, ils auraient été bien incapables d'agir ainsi. Quant à Alan Page, vous n'ignorez pas qu'il était avec notre ami Casey-Wynford. D'ailleurs, tous ceux que je suspecte d'être impliqués dans le meurtre de Miranda Osquith possèdent des alibis, même s'il faut vérifier tout cela.

Rockwell ne savait pas si Hyatt était au courant du fait que Flynn était venu sur les lieux à la demande de Laura. Il cherchait le moment d'y faire allusion, sans vexer Hyatt, ne voulant pas avoir l'air d'en savoir plus que lui.

— Au fait, savez-vous que le docteur Flynn...

— Avait été appelé par Laura ? Oui, il me l'a dit. Mais il ignorait ce qui se passait, elle l'avait supplié de venir et avait raccroché. Étaient-ce ses malaises qui reprenaient ? C'est son opinion, il avait vérifié s'il lui restait des calmants dans sa trousse. Vous le saviez ?

— J'ai appelé Flynn ce matin pour autre chose, nous avons échangé quelques mots à ce sujet, évidemment.

— Évidemment, cela permettrait de simplifier, Laura ayant une nouvelle crise. Mais pas forcément, comme nous venons de le dire.

— Et vous persistez à vouloir relier ces deux crimes, voire les trois, si nous prenons en compte l'assassinat du nouveau-né ?

— Oui... Je le sens... Ne me demandez pas pourquoi. »

Ils se turent. On put alors entendre les murmures du vent sur les étangs. Le superintendent sentait chez son vis-à-vis une tristesse si pesante qu'elle en devenait proche de l'indifférence. Il avait connu un Peter Hyatt au caractère de chien de chasse, jaloux de ses prérogatives, ardent à la quête, bien loin de son propre détachement, et découvrait soudain un homme que les faits conduisaient à relativiser de cruelles situations alors que l'on sentait qu'il aurait voulu mettre un terme à des événements qu'il ne contrôlait plus. Il resservit du brandy.

— Vous avez, fit-il, demandé une nouvelle autopsie du cadavre ? Le résultat ?

— Il confirme celui de Flynn. Sauf sur un point : il semblerait que l'éventration ait eu lieu alors que Miranda était encore vivante, ce qui semble incroyable à mes yeux.

— Hum... et en ce qui concerne Laura Gerson ?

— Corps carbonisé, difficile à analyser, mais, aux dires de Flynn, rien de particulier à signaler.

— Et le travail de Gerson ? Notamment cette peinture de Miranda qui, dit-on, possédait des reflets maudits, ou je ne sais quoi ?

— Anéantie.

Un silence. Puis Hyatt reprit :

— Je suis le cheminement de votre esprit, superintendent. Celui qui a détruit la jeune Osquith a peut-être voulu naufrager par le feu l'image de celle qu'il avait tuée. En ce cas, nous avons affaire à un dément ou à un criminel, homme ou femme, qui obéit à une logique personnelle terrifiante.

— Je vous rejoins sur ce point. Quoique...

— Oui ?

— On a pu chercher à le faire croire... »

Le carillon d'entrée se déclencha. Les sourcils de Quint-William se rejoignirent d'étonnement, car il n'attendait personne, désirant converser seul avec l'inspecteur principal. Il alla ouvrir. Benedict Minklesham se tenait sur le seuil, succombant visiblement à une fatigue confuse bien qu'ayant des yeux luisants d'un éclat inaccoutumé. Il le fit entrer. Le visiteur ne manifesta pas de surprise en voyant Hyatt, il avait remarqué sa voiture. Il accepta un verre. Ils parlèrent un instant de choses et d'autres et Rockwell, qui observait à la dérobée l'inspecteur, fut frappé de voir son visage se mettre en mouvement comme si chacune de ses caractéristiques s'intensifiait. Le chien de chasse se réveillait.

— Avez-vous une opinion, fit Hyatt, sur le drame de Dagog Corner ? Vous étiez, je crois, en bons termes avec Laura et Ralph Gerson.

Minklesham répondit d'un ton las :

— Ma femme aimait beaucoup Laura, c'est vrai. Quant à l'événement lui-même, je suis bien incapable de porter le moindre jugement...

— Cela vous indiffère ?

— Je suis triste de la mort de Laura, bien sûr. Mais ce qui m'intéresse avant tout, c'est de connaître l'identité du salaud qui a tué Miranda. »

Au seul ton de la voix, Quint-William sentit sa sympathie se renouveler. Dans son habituelle lucidité de perception, il sentit qu'entrait une once de pitié dans ce sentiment et que le producteur n'avait qu'une envie : parler de celle qu'il avait aimée. Tout comme Gerson, au pub, mais pas pour les mêmes raisons, il éprouvait le besoin de vider son sac, cela seul justifiait sa visite.

— Pourtant, reprit l'inspecteur principal, vous n'étiez plus en bons termes avec elle ?

— Disons que nous nous étions plus ou moins volontairement éloignés l'un de l'autre.

— Votre mariage ?

— Non. Avant. Mais cela ne m'empêchait pas de lui conserver estime et affection. »

Minklesham regardait maintenant le fauteuil où se tenait Hyatt comme si celui-ci était vide, transparent, comme si le policier n'était plus une chose matérielle. Il regardait Rockwell à travers, il semblait dans un état second ; ses pupilles se rétrécissaient comme s'il désirait scruter l'intérieur de son cerveau. Le superintendent sentit que lui seul allait désormais exister pour son hôte. Il prit la parole :

— C'était sa personnalité qui posait problème ?

Minklesham eut un sourire triste et désabusé.

— Vous êtes habile, superintendent... Effectivement... Elle avait beaucoup d'imagination, et la réalité la décevait parce que la Miranda qu'elle rêvait n'était pas la vraie Miranda, mais celle qu'elle aurait voulu être... Elle ne pouvait donc jamais être satisfaite, alors elle se raccrochait à son métier, à son petit univers et à un nombre limité de personnes. D'où je le crois, sa jalousie maladive. Oui, elle était malade de jalousie.

— Jusqu'à donner à un homme même très épris l'envie de la fuir ?

— Oui... J'ai pourtant essayé beaucoup de choses. Avec moi, elle était en confiance, devenait plus douce, plus transparente. Mais c'était une nature contradictoire. En fait, elle ne savait pas où elle en était. Si elle ne supportait pas que les autres partagent leur amour à son égard, en revanche elle ne se gênait pas, elle, pour donner à plusieurs personnes à la fois. Elle avait besoin d'être aimée, mais ne savait pas comment faire pour cela, et craignait que nous ne nous détournions d'elle. C'est sans doute pour cela, par peur, qu'elle acceptait d'être entourée ainsi, pas par vice ou recherche de performance. Pour demeurer dans le seul secteur masculin, son cœur se partageait entre moi, Page, et ce mystérieux confident dont elle nous parlait, nous ne savons pas de qui il s'agit. C'est, je crois, finalement ce personnage de l'ombre qui nous a peu à peu séparés. Elle ne s'est vraiment éprise d'Alan Page qu'après que nous eûmes rompu nos relations les plus sérieuses.

— Un instant, Monsieur Minklesham, dit Hyatt. Avez-vous donné récemment des chèques à Alan Page ?

— À Page ? Oui, bien sûr, je lui paie la pension de mes chevaux. Par chèque.

— De combien ? Car, Page étant suspect, nous avons vérifié son compte en banque, et nous avons trouvé qu'il avait remis des chèques assez importants récemment.

— Possible, il a des poulinières d'autres propriétaires en pension. Je ne peux pas vous dire exactement les sommes que je lui ai versées, il y avait eu des frais vétérinaires, mais je peux vous en faire parvenir le détail, sans problème.

— Oui, ce peut être utile. Mais pardon, Rockwell, je vous ai interrompu. Revenons au cas qui nous occupe...

Le superintendent reprit la parole :

— Je vais être très indiscret, et si vous ne souhaitez pas me répondre... avez-vous souffert de cet éloignement de Miranda Osquith ?

— Comme vous ne pourriez l'imaginer. Une brûlure qui disloque le corps et l'âme, le monde qui s'écroule, les nuits d'insomnie, les repères qui s'abolissent, la moyenne, la normalité qui vole en éclats, et la souffrance qui se trouve être la seule chose à laquelle se raccrocher pour ne pas devenir complètement fou... D'autant plus que c'était elle qui souhaitait cette séparation... Un beau motif de meurtre, acheva-t-il en tournant vers Rockwell un si pauvre visage que le superintendent regretta d'avoir posé cette question.

— Allons, Minklesham, allons ! fit-il avec un sourire forcé. Auriez-vous attendu tout ce temps ? Je ne le crois pas...

La vie d'un policier, ne serait-ce que constamment prêcher le faux pour savoir le vrai ? Se demanda-t-il à ce moment. Il ajouta :

— D'autant que Victoria Osquith a confirmé que vous étiez avec elle ce soir-là. Elle peut mentir, mais dans quel but ? À ce propos, avez-vous une idée de qui a pu déchirer ces fameuses photographies ?

— Peut-être... Oh, mais, une simple idée...

— Oui ?

— Si vous me jurez que rien ne sortira de cette pièce... dit-il en semblant découvrir la présence de Hyatt.

— Nous n'avons ici qu'une conversation amicale, affirma celui-ci.

— Alors... je m'étais pourtant bien juré de... Vous allez comprendre la raison de mes hésitations.

Il semblait redevenir l'homme d'affaires sérieux et calculateur qu'il était au vu du public.

— Je pense que cette histoire n'a rien à voir avec le meurtre et je crois connaître la coupable : Emily Page. Je sais qu'elle détestait Miranda, et ce geste est celui d'une enfant haineuse, sous le coup de la colère, qui n'entrevoit pas les conséquences de son acte, la mutilation de l'image d'un être humain. D'ailleurs, sur ces photos, les deux visages avaient été pareillement saccagés. Avec son vélo, des Granges à Lockeridge, elle pouvait agir en quelques minutes. Mais j'espère que vous...

— Si votre hypothèse est la bonne, et elle me séduit...
Rassurez-vous, notre but n'est pas d'élucider des rancœurs
de petite fille. Elles sont inévitables lorsqu'un enfant voit ses
parents divorcer, à cet âge, on cherche « à qui c'est la faute »
et évidemment il y avait Miranda. À propos, Miranda, elle,
aimait-elle Emily ?

— Elle la jalousait. Vous comprenez, c'était une femme
auprès d'Alan Page.

Hyatt sursauta :

— Une gamine de douze ans ! Et sa fille ! Ce sont des
jalousies de collégienne, enfin !

Quint-William le regarda avec insistance. Décidément, il
manquerait toujours à ce pauvre inspecteur la finesse
d'esprit. Après ce que Benedict venait de dire de Miranda,
qui devenait tout juste adulte, les attitudes même les plus
troublantes de celle-ci pouvaient se comprendre, sinon
s'expliquer.

— On a vu des femmes jalouses tuer leur propre enfant
parce qu'il prenait trop de place dans le cœur de leur
époux... Observa Benedict.

— Parfaitement exact, cher ami, dit le superintendent.

— Toujours est-il que nous n'avançons pas d'un pouce...
remarqua Peter Hyatt.

— Hum...

— Ce n'est pas votre avis, Rockwell ?

Il y avait un soupçon d'agressivité dans la voix de
l'inspecteur-chef. Sans doute s'en voulait-il un peu de ne pas
avoir deviné ce qui venait de lui être révélé et qui semblait
facile. Il lui apparut qu'il avait dû mal comprendre ses
propres enfants quand ils étaient adolescents, bien qu'il

n'ait pas eu avec eux de graves problèmes. Il devait y avoir des reproches encore enfouis, alors qu'il s'était toujours appliqué à être un modèle. Il écoutait Rockwell et se demanda quelle pouvait être sa recette pour si bien dénouer les fils embrouillés des pensées humaines. Avec des mots choisis, le superintendent récapitula la situation.

— Par petites touches, notre ciel s'éclaircit. Ne soyons pas trop pressés.

— Vous n'entendez pas mes supérieurs ! Dire que je ne peux même pas leur expliquer comment a été perpétré le crime !

— Mais si. Il est plus que probable que quelqu'un, désireux de lui « faire son affaire », suivait Miranda depuis son départ des Granges. Cette personne assiste à l'accident, sûrement heureuse que le hasard agisse pour elle. Elle descend quand même près de l'ancien moulin pour vérifier et là, découvre un dernier souffle de vie chez Miranda, et l'achève.

— J'avais bien sûr songé à cette hypothèse. Mais n'est-elle pas trop simpliste ?

— Elle a le mérite du réalisme, trancha Rockwell.

— Gerson avait un « Opinel », m'avez-vous dit ? Je me trompe ?

Benedict avait prononcé ces mots comme dans un rêve. Les deux policiers le regardèrent. Comment le savait-il ? Ni l'un ni l'autre ne lui avaient dit quoi que ce soit à ce sujet.

— Le laboratoire n'a rien trouvé dessus, affirma Peter Hyatt avec force pour masquer sa surprise et son trouble soudain.

Encore une porte qui s'ouvre vers d'autres portes, songea le superintendent en regardant Benedict à la dérobée.

— Toutefois, poursuivait l'inspecteur principal, la longueur de la lame pourrait correspondre à la blessure infligée. C'est là tout ce qu'a bien voulu dire ce couteau aux experts ! Mais... »

Il regarda alternativement ses interlocuteurs, visiblement troublé. Quint-William hocha la tête, comme pour lui donner un signal.

Benedict songeait au jour où il avait soulevé Miranda comme une plume et l'avait faite tournoyer autour de lui, sentant les miroitements infinis de son image l'inonder de délire et de poésie ; et ce fouillis de souvenirs, compact, presque coléreux, ruisselait comme de l'eau froide sur de la peau en chair de poule. C'était un instant particulier qui se déroulait pour les trois hommes qui s'observaient, mal à l'aise. Une plongée en enfance, au moins dans le passé, qui faisait ressurgir des souvenirs enfouis ?

Il appartint à Hyatt de briser ce mur de souvenirs qui s'établissait autour d'eux, peut-être parce qu'il était le moins sensible.

— Avez-vous pensé, superintendent, qu'il n'est pas impossible non plus que l'on ait délibérément poussé la voiture de Miranda dans le ravin ? »

VII.

L'Aston-Martin était rangée en contre-haut du moulin, un peu plus loin de l'endroit où la voiture de Miranda était sortie de la route. Carolyn Mac Stroud n'aurait pu s'arrêter là, même si toute trace de l'accident avait été enlevée, à part des branches cassées. Cependant, en attendant en ce lieu celui qui lui avait fixé rendez-vous, elle tremblait tant était grand l'effort qu'elle devait faire pour rester là. À attendre. Quelqu'un qui l'aurait croisée à ce moment n'aurait rien remarqué, tant son emprise sur ses nerfs était une seconde nature, mais elle se sentait à la fois bouillir et geler, elle frémissait intérieurement, son regard demeurait trop fixe, son expression était trop naturelle pour être vraie.

« Je suis déguisée », se disait-elle, « j'ai toujours été travestie pour jouer à cache-cache avec la mort ».

Elle alluma une cigarette, comme une naufragée attrape une corde, tout en prenant conscience que peu sont désireux de la voir atteindre la terre ferme. Un instant, elle ferma les yeux, puis les rouvrit. Elle ne réagit pas en voyant le cendrier de la voiture qui débordait. D'habitude, elle fumait très peu, la plupart du temps après un bon dîner. Elle avait acheté un paquet ce matin, il était presque vide. Elle aspira avidement la fumée, bien que sa gorge la grattât. Elle n'avait pas envie d'être logique, son seul désir était de redevenir tendresse et miel, comme une petite fille ayant une câlinerie à implorer. En fait, tout se bousculait en elle, éclats de gaieté et tristesse soudaine... comme Miranda.

Elle tripota les boutons du tableau de bord, alluma la radio. Une cacophonie éclata, troublant le silence ambiant. Elle éteignit de suite, appuya maladroitement sur le bouton des feux de détresse, les arrêta. Elle aurait aimé être cachée, floue, voire invisible, pour deviner qui la faisait venir dans cet endroit pour elle à jamais morbide. Elle se répéta tout bas les paroles de son correspondant :

— Je suis celui dont Miranda vous parlait. Son confident. Elle m'appelait ainsi, son confident. Je dois vous rencontrer absolument ».

Puis, son interlocuteur lui avait fixé rendez-vous, avant de raccrocher brutalement. À dire vrai, elle avait tout d'abord cru à une plaisanterie de mauvais goût, surtout à cause du lieu où la rencontre avait été décidée. Mais le ton de la voix, prenant et anxieux, l'avait convaincue qu'il ne pouvait s'agir d'une supercherie. Qui était-ce ? La voix lui disait quelque chose, mais elle ne parvenait pas à mettre un nom sur ce correspondant. Au téléphone, on peut se tromper, d'autant plus qu'il avait parlé assez bas, et très vite. Mais elle le connaissait, sûrement. Elle avait ressenti comme une impérieuse nécessité d'obéir, tout en sachant qu'elle allait au-devant d'ennuis inconnus qui la remplissaient d'anxiété. Ses yeux s'usaient à regarder le haut de la route, le tournant.

Elle sortit de la voiture, fit quelques pas sur la route pour calmer sa nervosité. Est-ce qu'il bruinait, ou étaient-ce des larmes qui humectaient ses joues ?

Un camion passa, sans ralentir. En contrebas, le moulin ruiné paraissait vouloir l'attirer en dépit de l'à-pic vertigineux. Il te faut ta ration de chair humaine, salaud ? Pensa-t-elle si fort qu'elle crut avoir crié.

Il sembla à Carolyn qu'il était devenu impossible qu'alentour des gens vivent, mangent, s'aiment. Une lueur s'alluma dans ses yeux quand elle consulta sa montre Cartier — un des derniers présents d'Edward avant sa mort. Il était l'heure.

Le ronronnement d'un moteur tout à la fois puissant et doux se fit entendre. Elle vit une Bristol bleu sombre s'engager dans le tournant.

— Non, pas lui... Il sait donc !

Elle se sourit à elle-même, comme devant un miroir. Puis, après ce bref moment de coquetterie instinctive, elle se jeta dans le vide.

VIII.

Seamus Casey-Wynford avait vu Carolyn Mac Stroud basculer dans le ravin, comme poussée par une main invisible. Il s'était arrêté, avec sorti son portable et avait contacté les pompiers et le Docteur Flynn qui, par un hasard heureux, se trouvait dans les environs. Il n'avait pu qu'assister au transport de la malheureuse dans l'ambulance. Le docteur Flynn était ensuite monté dans son 4x4 — tiens, il l'a enfin fait laver, se dit l'ancien magistrat, sans savoir pourquoi il s'intéressait à un détail aussi futile — et s'était dirigé vers l'hôpital à la suite de l'ambulance.

Le lendemain, Casey-Wynford se trouvait dans le bureau de Peter Hyatt, tandis que l'inspecteur Waynes, accompagné de Rockwell, investiguait la demeure de Croft Road et interrogeait les employés de maison.

Waynes avait tenu à terminer les interrogatoires par l'amie de son collègue Cowell, peut-être parce qu'Alice Black lui plaisait et qu'il jalousait un peu ce collègue — un petit jeune assez falot, mais consciencieux — d'avoir su se dénicher une aussi jolie fille. Avec le temps, Waynes ressentait de plus en plus la vision inquiète d'un célibat qui se prolongeait. Et cette perspective l'amenait, paradoxalement, à s'émerveiller comme un collégien devant des personnes qui pouvaient avoir la moitié de son âge. D'où son animosité larvée envers une jolie fille qui était assez bête pour n'avoir pas remarqué le garçon athlétique qu'il était resté.

Rockwell, qui ignorait tout des tribulations sentimentales de son partenaire d'un jour, sentit pourtant dans l'atmosphère une sorte de tension malsaine, mais doucereuse, capable de vous ronger le cerveau avant de hanter le corps puis la vie même. Il fit un signe à Waynes pour lui intimer le silence lorsque la jeune femme fit son entrée dans le boudoir. Elle était rousse, avec un visage amusant, quoiqu'un peu trop rond, et elle eût été effectivement charmante si toute son attitude ne reflétait pas la peur et la timidité. Elle refusa de s'asseoir, tordant son tablier blanc entre ses mains. Mais ce fut elle qui posa la première question :

— Oh, Messieurs, comment va Madame ?

Quint-William prit son temps avant de répondre avec laconisme :

— Fêlure de la boite crânienne. Traumatisme. Au mieux, elle restera paralysée. »

Une rougeur comme honteuse gangréna le visage de la petite bonne, mais elle se redressa, se retenant de pleurer, ce dont les deux hommes lui surent gré. Ils en avaient assez des démonstrations d'affliction vraie ou feinte concernant l'accident de la maîtresse de maison.

— Dites-moi ce qui s'est passé hier. Mrs Mac Stroud était-elle comme d'habitude ? a-t-elle reçu une lettre, un coup de téléphone ?

— Elle était comme d'habitude, oui, Monsieur. Le matin, il y a eu une livraison pour la cuisine. L'après-midi, il y a eu un appel sur le fixe. Madame était occupée, j'ai répondu.

— Attendait-elle un appel ?

— Pas que je sache. Mais elle a toujours son portable près d'elle.

— À quelle heure, cet appel ? demanda Waynes.

La petite se troubla, comme si elle devait affronter de douloureuses forces obscures.

— Ah... j'ai jamais de montre sur moi ici, et je n'ai pas regardé la pendule... Disons, après le déjeuner, vers deux heures, deux heures et demie...

— Vous avez décroché. Qu'a-t-on dit ?

— On a demandé à parler à « Mrs Mac Stroud ». J'ai appuyé sur le bouton qui renvoie au poste du premier étage, Madame a répondu, j'ai alors raccroché. Ça n'a pas duré longtemps, et Madame est très vite descendue, m'a dit « Je sors », a pris son imperméable et est allée vers sa voiture.

— Avait-elle l'air préoccupée ?

— Oh, oui, même bouleversée, elle a failli se prendre le pied dans le tapis, elle a accroché son imperméable en le prenant. J'ai été inquiète. Et pas pour rien, alors...

De nouveau, elle ravala son émotion.

— Et la voix, pourriez-vous la reconnaître ?

Rockwell fit un nouveau signe à Waynes, qui sembla devenir mal à l'aise. Il se rendit compte que son ton sévère avait impressionné la jeune femme.

— Oh, non, Monsieur. Je peux pas affirmer, accuser quelqu'un devant la police ! C'était un homme, mais il n'a pas dit son nom. J'ai déjà entendu cette voix... mais je ne suis pas sûre...

La réponse convainquit le superintendent qu'il y avait une faille, là. Instinctivement, il fit jaillir sur son visage une lumière de compassion attendrie, à mi-chemin entre la résignation et la curiosité, avant de plonger son regard dans celui d'Alice, comme pour la sonder jusqu'à l'âme, lui faire sentir qu'elle pouvait et devait tout lui dire.

— Et à moi, Alice ? Entre nous...

Silence.

— Et à moi ? répéta-t-il en ne cessant de la fixer. Il la vit incertaine avant de baisser la tête avec lassitude.

— Ça va vous sembler dingue... vraiment dingue... mais on aurait dit...

— Oui ? l'encouragea Quint-William, d'une voix très douce, pour la mettre en confiance.

— Ben... le chef de mon ami, qui est policier, il a téléphoné parfois à la maison, j'ai décroché deux ou trois fois. C'était le même genre de voix... la voix de Monsieur Hyatt... enfin, ça ressemblait, j'en jurerais pas, non...

Là, elle commença à pleurer.

— Je n'en jurerais pas non plus ! Fit Rockwell, en feignant de prendre cela à la plaisanterie. C'est une voix qui ressemble à la sienne, voilà tout. Ne vous en faites pas, Alice, nous savons que vous ne nous avez communiqué que des impressions, sans rien affirmer. Nous ne vous ennuierons pas plus. »

Lorsqu'il se retrouva dans la rue laissant Alice Black perplexe de ne pas avoir été interrogée plus longtemps, il lança un regard significatif à Waynes. Celui-ci comprit qu'il pouvait cracher le morceau.

— Avec le téléphone, on ne sait jamais, fit-il avec l'ongle de son pouce contre ses dents. Ou ça a bigrement l'air de foutaises. Quelqu'un a pu se faire passer pour le patron. Ou cette gamine déconne. Mais... vous vous souvenez du jour, après le meurtre de la petite Osquith, où nous étions tous réunis ?

— Oui, tout à fait.

— Eh bien... j'ai eu l'impression que le patron avait l'air tout chose. Et après votre départ et celui de Flynn, ça a empiré. Comme s'il la connaissait...

— Je m'en souviens, oui. Mais il y a peut-être une raison à cela. L'inspecteur-chef est-il turfiste ? Il n'est pas rare que des habitués des hippodromes, surtout de petits hippodromes comme par ici, se lient vaguement avec des entraîneurs ou des jockeys.

— Je ne crois pas qu'il n'aime ni les animaux ni le jeu.

— Hum...

Ils avaient rejoint la Jaguar. Le superintendent tendit les clés à l'inspecteur.

— Tenez, vous qui aimez les voitures, prenez donc le volant de la mienne, cela vous changera les idées trente secondes. »

Il avait deviné la tension nerveuse de son adjoint. Mettre en cause un de ses supérieurs ne fait jamais plaisir à personne, surtout dans la police.

Ils se garèrent à côté du commissariat. Un peu plus loin, rangée devant une maison sale et grise, on voyait la Bristol de l'ancien magistrat. Le ciel, sombre, imposait sa masse, semblant resserrer la ville sur elle-même. La voiture d'ordinaire d'un beau bleu nuit, brillant, était poussiéreuse, tachée de boue. Rockwell se dit que son ami, méticuleux comme il l'était, allait en sortant se précipiter vers le tunnel de lavage.

Le bureau de Peter Hyatt sentait le tabac et le thé de mauvaise qualité. Seamus Casey-Wynford occupait le seul fauteuil, l'inspecteur-chef et Rebbott étaient sur des chaises. Il y avait un vague relent de quelque chose de mondain dans la pose des trois personnes. Des tasses vides traînaient. Rockwell et Waynes saluèrent, puis l'inspecteur rendit compte de leur visite à la maison de Croft Road, en omettant à dessein les derniers propos d'Alice Black.

Hyatt se racla la gorge.

— Je me doutais bien que vous ne tireriez pas grand-chose de ces entrevues. Quant à l'appel reçu par Mrs Mac Stroud, il n'a peut-être rien à voir avec les faits. Évidemment, elle est partie peu après, mais, là encore, il peut y avoir coïncidence.

— Une enquête publicitaire ou un harcèlement par une compagnie d'assurances au moment où l'on est pressé de partir, on connaît tous ça, dit Rebbott.

— On a compris. Restent, à mon avis, deux questions primordiales. Premièrement, que faisait Carolyn Mac Stroud près du lieu du meurtre de sa protégée ? Volonté de voir l'endroit — ou de le revoir ? Deuxièmement, quelle terreur a pu motiver son geste à la vue de votre voiture, Monsieur Casey-Wynford ? Crainte que vous ne sachiez quelque chose sur elle ? Car nul n'ignore dans la région que vous savez beaucoup de choses, Monsieur, parfois bien plus que la police elle-même…

Nulle ironie ne transparaissait dans sa voix, au contraire. L'ancien magistrat eut un petit geste de la main.

— Il y a un point particulier que vous ne m'avez pas encore laissé évoquer, Hyatt. Lorsque je vis Mrs Mac Stroud tomber dans le ravin, elle ne me parut pas s'y jeter, mais y être happée, comme aspirée… elle avançait sans hésiter… »

L'air parut s'appesantir autour d'eux. Rockwell profita de ce silence pour remuer les pensées contradictoires qui s'agitaient en lui. Durant l'exposé de Peter Hyatt, il avait étudié la voix de celui-ci. Une voix ni grave ni aiguë, posée, et donc facilement imitable. Mais, surtout, elle lui rappelait une autre voix, quelqu'un qui avait une voix semblable. Son oreille musicale ne le trompait pas sur ce plan. Il se disait que s'il parvenait à mettre un nom sur cette autre voix, le dossier serait clos.

Hyatt reprit la parole :

— Cela peut être important, ce que vous dites, Monsieur Casey-Wynford. Mais n'oubliez pas que vous conduisiez. Vous n'avez pas pu voir la scène très distinctement.

Sheila Rebbott, qui cherchait une solution rationnelle, essaya de résumer :

— En un mot comme en dix, Mrs Mac Stroud s'est-elle suicidée parce qu'elle était coupable des précédents meurtres ?

Pour l'instant, elle n'osait pas soupçonner l'ancien magistrat de s'être lui-même débarrassé de l'habitante de Croft Road. On verrait plus tard, car, là, il lui faudrait prendre des pincettes... très longues, de préférence.

— Elle a un alibi pour l'assassinat de l'enfant, intervint Waynes.

— Exact, reprit Hyatt. Pour l'instant, concentrons-nous sur le meurtre de Miranda Osquith. Après tout, Mrs Mac Stroud s'est suicidée à l'endroit de l'assassinat. Il est avéré que Miranda a eu son accident après avoir été chassée de chez Alan Page. Elle devait être sur le coup d'une indescriptible émotion. Son portable a été détruit dans l'accident, nous n'avons pu retrouver la puce. Mais on peut avancer une hypothèse : Miranda appelle Carolyn Mac Stroud, celle-ci, se rendant compte du désespoir de sa protégée, décide de la rejoindre, ou lui donne rendez-vous, et assiste à l'accident.

— Ou à la tentative de suicide, intervint Rockwell.

— Bien sûr, cela est aussi envisageable. Mettons qu'ensuite, elle l'ait poignardée. Mais pourquoi Mrs Mac Stroud aurait-elle tué Miranda ? Son amitié, si elle n'a pas menti à ce sujet, lui aurait commandé de tout faire pour la sauver. De plus, matériellement, comment aurait-elle pu accéder au contrebas du moulin sans faire un très large détour ? Une Aston-Martin n'est pas un 4x4, que je sache. Ce détour lui aurait pris plus de vingt minutes, plus un bout à pieds. Et, dans ce cas, il y avait peu de chances que Miranda survive à ses blessures, d'après les médecins.

— On peut échafauder une autre hypothèse, fit Seamus Casey-Wynford : Miranda, désespérée, appelle Mrs Mac Stroud. La réaction la plus normale est de lui dire de venir la voir immédiatement. Mais, connaissant intimement les ressorts psychologiques de son amie, elle peut déduire qu'elle choisirait cet endroit pour mettre fin à ces jours. Peut-être sont-elles passées un jour par ici, peut-être Miranda a-t-elle parlé d'un finir ? En tout cas, l'endroit n'est pas très loin des Granges. Alors, elle s'y rend. Mais pourquoi l'achever ? À quoi rime cette mise en scène fantasmagorique ?

— À moins que, pour une raison ou une autre, elle ne comptât sur ce suicide, dit l'inspecteur-chef, sans grande illusion sur son assertion.

— Hum... on peut tout dire, toute chose et son contraire. Mais, pour moi, Mrs Mac Stroud est « clean ».

— Mais enfin, superintendent, elle avait un comportement étrange depuis la mort de son mari. Et un homme d'affaires important comme Edward Mac Stroud qui laisse chez son notaire un testament datant d'à peu près vingt ans, alors que son patrimoine a évolué, c'est illogique. De plus, nous avons appris que le notaire — qui, depuis, a pris sa retraite, mais vit toujours dans la région — avait discuté avec Mr Mac Stroud qui avait l'intention de le refaire.

Sheila Rebbott n'oubliait décidément rien. Elle continua :

— Étant amie avec Miranda Osquith, Mrs Mac Stroud a pu lui toucher un mot de la succession. Cela arrive, de trop parler. Vous voyez ce que je veux dire ?

— Écoutez, Rebbott, elle a peut-être falsifié ou détruit un testament, mais cela ne veut pas dire qu'elle soit devenue un assassin en puissance ! »

On frappa discrètement à la porte. Un sergent entra, fit un signe à Peter Hyatt qui se leva de son siège avec précipitation puis referma la porte derrière lui. Du bureau, on ne percevait que des murmures méfiants.

— Messieurs, déclara l'inspecteur-chef en rentrant, j'ai une heureuse nouvelle à vous apprendre : Mrs Mac Stroud survivra à ses blessures. L'hôpital vient de téléphoner.

— Quand pourrons-nous l'interroger ? demanda Rebbott, qui recherchait toujours le concret.

— Cela, je l'ignore.

Rockwell songea : encore cette façon d'éluder, de rendre floue cette affaire, de se disperser... comme si la vérité l'effrayait.

— J'ai dit qu'elle survivrait, mais je ne sais pas dans quel état. Il faudra peut-être des semaines, voire des mois, avant que nous ne puissions la questionner. Et ceci à la condition qu'elle retrouve tout ou partie de ses facultés intellectuelles.

Autrement dit, nous devons actuellement agir comme si elle était cliniquement morte. Et ce n'est pas le moindre paradoxe de cette enquête. »

Brusquement muets, ils demeurèrent songeurs. Depuis quelques instants, une angoisse bizarre s'insinuait en eux ; ils avaient l'impression que quelque chose de beaucoup plus grave que l'assassinat planait au-dessus de toutes ces violences. Ce sentiment, s'il paraissait déconcerter tous les autres, était curieusement familier à Casey-Wynford, peut-être aussi au superintendent qui triturait sa chevalière non par nervosité, mais en homme que taraude un problème purement intellectuel. En fait, naissait en lui l'impression de s'engager dans une partie d'échecs risquée.

Ils furent tirés de leurs pensées par le portable du sergent Rebbott, qui décrocha sans se soucier des regards irrités qui se dirigeaient vers elle. Elle répondit par monosyllabes, s'éloigna dans un coin de la pièce, vraisemblablement pour mieux entendre, posa encore quelques questions et déclara qu'elle allait arriver, qu'il fallait établir un rapport le plus tôt possible. Pendant qu'elle écoutait son correspondant, elle faisait signe aux assistants de patienter.

Lorsqu'elle raccrocha, elle avait l'expression à la fois satisfaite et dégoûtée de quelqu'un qui découvre enfin la cause d'une vilaine fuite d'eau dans sa salle de bains et pense au prix que cela va coûter à réparer. Hyatt l'enjoignit de parler.

— Je vous prie de m'excuser, deux de mes hommes sont près de l'ancienne route qui a été déviée, à la hauteur de l'usine désaffectée. On vient de découvrir un cadavre de femme dans une maison en ruine.

Tout le monde sursauta.

— Qui... ?

— Une vagabonde, une SDF. Non, pas assassinée, morte vraisemblablement d'une overdose et de beaucoup d'autres choses, alcool, malnutrition, maladies diverses. Un jeune couple qui se promenait à bicyclette, l'a trouvée et a appelé les pompiers. Ils se sont juste assurés qu'elle était morte et ne l'ont pas déplacée. Il y avait près d'elle des boites de médicaments, une seringue, ce qui fait penser à une overdose. Les pompiers ont envisagé ceci également. Deux de mes hommes sont arrivés pour les premières constatations.

— A-t-on appelé Flynn ?

— Problème : il ne répond pas sur son portable, chez lui sa femme nous a dit qu'il était sorti ce matin. Il n'est pas à l'hôpital. Il doit être au volant, ou a oublié de recharger son portable, on a laissé des messages partout, rien. On a donc appelé son assistant, qui est arrivé et a effectué les premiers examens. Donc, effectivement, overdose.

— Bon, mais cela n'a rien à voir avec notre enquête, dit Waynes, un peu agacé, pendant que Hyatt tapotait nerveusement sur son bureau.

— Le rapport, le voici : cette femme a accouché récemment.

Tout le monde releva la tête, subitement intéressé.

— L'enfant ? demanda Hyatt.

— Aucune trace. Le corps est en route pour l'institut médico-légal, les experts nous diront s'il s'agit de la mère du bébé trouvé mort.

— Ne tirons pas de conclusions hâtives, dit Waynes, mais il est très possible que l'une de nos affaires soit à demi résolue. Reste que l'enfant n'est pas mort tout seul, lui a été assassiné. Où la femme a-t-elle accouché ? Dans quelles conditions ?

— C'est là que quelque chose ne colle pas : elle n'a pas accouché seule, vraisemblablement, quelqu'un l'a aidée, cela a été fait proprement. Et pas où on l'a trouvée. A-t-on pris l'enfant pour ...

— Messe noire ? Acte de sadisme ? Vengeance ? Mais, au fait, cette femme avait-elle un nom ?

— Pas de papiers, mais un formulaire des services sociaux, au nom de Tina Lapp. Inconnue au bataillon, à ma connaissance. Je vais tout de suite m'occuper de vérifier, si cela vous convient, chef. »

Hyatt acquiesça et Rebbott sortit, le portable de nouveau à l'oreille.

Quoique la nouvelle ait pu soulever un coin du voile obscur qui recouvrait l'atmosphère du commissariat depuis le début de l'affaire, Rockwell restait pensif. Quelque chose se mettait en place dans son cerveau, comme un moteur qu'il faut faire chauffer avant de le lancer. Son expression changeait peu à peu, tandis qu'il fredonnait le thème de *L'Art de la Fugue* cher à son vieil ami. Il laissa Hyatt donner ses ordres à ses subordonnés, puis lui fit savoir qu'il désirait demeurer seul avec lui.

— Attendez-moi au pub en face », dit-il à Casey-Wynford.

La conversation dura longtemps, mais, lorsqu'il sortit du poste de police, Quint-William arborait la physionomie d'un homme qui vient de débroussailler une forêt, de rendre son sol à la clarté feuillue du ciel. Après s'être assis, il rapporta à l'ancien magistrat les confidences d'Alice Black. Il précisa qu'il en avait informé l'inspecteur-chef et que celui-ci avait pris très au sérieux cette accusation, mais comme s'il s'agissait d'un autre suspect et non de lui-même. Une attitude qui contribua à ancrer dans l'esprit des deux hommes la certitude presque totale que Peter Hyatt n'avait rien à voir dans ce mystère.

— Soit on a cherché à le mouiller, soit il s'agit d'une similitude, commenta Casey-Wynford.

— Je pencherais, voyez-vous, plutôt pour la seconde solution... à moins qu'il ne s'agisse d'un subtil mélange des deux, un jeu macabre sur l'équivoque. Il se peut que notre assassin ne soit pas dépourvu d'humour.

Son compagnon réfléchit.

— Cet humour aurait-il été jusqu'à tous nous manipuler ?

L'homme du Yard l'interrompit avant qu'il ne pût aller plus loin.

— J'y ai parfois songé. Posons le postulat que, parmi les trois victimes, seule une était délibérément visée et que les deux autres n'avaient pour but que d'engager nos esprits dans de multiples pistes contradictoires. Mais, en ce cas, *qui* était visé ? Le nouveau-né ? Miranda ? Laura ? Qui, aujourd'hui, pourrait se targuer d'apporter une réponse définitive à cette question ?

— Personne, en effet.

— Donc, je laisse cette suggestion de côté. Pour l'instant.

— Il y a autre chose, Quint. N'avez-vous jamais songé au hasard ? Celui-ci, pour l'un, voire pour tous les meurtres, ne s'est-il pas convoqué ?

Le superintendent secoua la tête avec une sorte de patience lasse, presque abandonnée. Puis son regard, qui fixait depuis quelques secondes un point invisible par-delà la fenêtre du pub, se mit à flamboyer avant de s'éteindre à nouveau, bien qu'il fût maintenant possible d'y lire la flammèche d'une attention provisoirement mise en veilleuse.

Il demanda :

— Cher ami, auriez-vous par hasard le numéro de téléphone de Victoria Osquith ?

— Je le pense. Celui de ses parents, tout au moins. Car elle vit soit chez ses parents, soit chez son petit ami. »

Il extirpa de sa veste un épais carnet d'adresses recouvert de cuir, l'ouvrit, chercha, puis, indiquant du doigt un numéro, le tendit à Rockwell, qui l'enregistra sur son portable. Ne voulant pas être entendu des clients qui commençaient à remplir le pub, il sortit et enclencha la communication. Un moment plus tard, il rentra et revint à la table avec un mince sourire aux lèvres. Il expliqua à son ami les raisons de son contentement.

— C'est une explication séduisante..., commenta l'ancien magistrat. Toutefois, elle ne repose que sur des arguments et non des faits. »

Il avait parlé d'un ton calme, presque attendri, se détournant comme pour laisser à son compagnon le temps d'assimiler ses arguments, sans le presser.

— Sans doute... Mais je serai prêt à jurer que cette hypothèse vous a aussi effleuré. J'ajouterai une chose : par chance, c'est Victoria que j'ai eue tout de suite. Et il m'a semblé, lorsque je lui ai posé la question et qu'elle m'a répondu aussitôt, deviner chez elle un immense soulagement. Comme si elle avait senti qu'enfin nous touchions au but. Donc, nous sommes trois à partager peu ou prou les mêmes idées. Trois. »

Casey-Wynford parut laisser vagabonder son esprit, se retirer d'un monde auquel il semblait n'avoir jamais appartenu, sorte de fantôme revenant de temps en temps rôder dans les pensées pour rejeter le tableau d'immondices de la fièvre désordonnée de la vie ; son apparence même se teintait d'un certain diabolisme diffus, indescriptible avec des mots, présents dans l'ombre sur le visage en mouvement. Ces reflets cessèrent aussi vite qu'ils étaient apparus sur la physionomie de l'ancien magistrat. Il but une gorgée de stout.

— Alors, Quint, permettez-moi de vous dire que vous osez donner tort à Mallarmé : « *Un coup de dés jamais n'abolira le hasard* »[9].

Le magistrat avait cité la phrase en français.

— Pas l'abolir, le modifier, ce qui est différent.

Quint-William avait répondu sur un ton hésitant, il voulait se persuader lui-même de ce qu'il avançait.

— Admettons. En ce cas, que comptez-vous faire ? Parler à Hyatt ? Je crains qu'une simple similitude de voix ne lui semble un argument trop léger.

— Pour l'instant, nous n'avons que cela de concret à nous mettre sous la dent. Peter a eu l'air intéressé quand je lui en ai parlé. Je pense qu'il va faire surveiller la personne en question.

— Au point où il en est, tout lui est bon... Mais je vous soupçonne de ne pas lui avoir tout dévoilé.

— Je n'avais rien échafaudé de précis avant d'avoir eu Victoria Osquith au téléphone. »

---

9 **Poème** de Stéphane Mallarmé paru en 1897.

Casey-Wynford approuva sa discrétion, l'esprit d'un Hyatt ne se nourrissait que de réel. Ils quittèrent le pub. Rockwell alluma une cigarette — son ami le regarda avec une impression de réprobation, quand on s'arrête de fumer, il ne faut pas reprendre — et convint d'un nouveau rendez-vous avec son ami. Ils étaient appelés à se revoir très bientôt, car ils savaient sans se le dire ouvertement que le temps s'accélérait, les poussait franchement vers une finalité définitive. Ils ne parvenaient pas encore à bien se représenter cette conclusion, mais ils savaient qu'elle était le point d'orgue de cet opéra sanglant qui venait de se jouer presque sous leurs yeux. Ils se devaient d'en achever la partition sous peine d'ouvrir la voie à d'autres abominations. Ils n'avaient nul besoin de confronter par des mots leurs jugements : leur complicité intellectuelle, de nouveau excitée par l'ivresse d'une triste victoire, rendait inutile tout échange de certitudes. La soif de la vérité emplissait leurs esprits. Il leur fallait dorénavant voir, ne pas se nourrir de duperies ou d'impressions, se satisfaire en touchant du doigt les faits sans crainte de se tromper ou de faire le mal.

IX.

Alan Page sortit du bureau de son fournisseur avec un poids en moins sur la poitrine. Il avait pu terminer de régler sa dette. Bon, il faudrait qu'il fasse très attention, à présent. Il allait vendre deux poulains de bonne origine, il gardait en pension les chevaux de Benedict Minklesham, qui lui avait en plus amené un ami qui désirait investir dans l'élevage de chevaux. Cela lui ferait une rentrée supplémentaire, ce n'était pas à dédaigner.

Il avait une impression mi-figue, mi-raisin, il ne savait pas quelle allait être la décision de Fay. Cette situation était pénible, aussi bien moralement que pécuniairement. Fay avait un travail, mais il se devait de l'aider pour l'éducation d'Emily, même si la procédure de divorce avait été pour un temps suspendue. Il eut envie de s'arrêter au pub, mais se força à monter dans sa voiture. Il avait du travail, ce n'était pas le moment de traîner et encore moins de se saouler.

Le visage de Miranda se présenta de façon fugace devant le sien. Non, il ne pourrait l'oublier, bien sûr, il devait se souvenir qu'il était faible, influençable, prêt à se laisser entraîner... Il exhorta mentalement Fay à revenir. Son visage énergique, son corps toujours disponible, le fait qu'elle ait toujours su pardonner ses petits écarts, tout cela lui manquait.

Il eut aussi envie de remercier ses bienfaiteurs. Minklesham, il le verrait à chaque fois qu'il viendrait dans la région. Bon, présentement, il était reparti pour Londres avec son épouse qui devait tourner une série historique. Mais l'autre... Miranda lui avait dit qu'il voulait rester anonyme, discret... Apparemment, il l'aidait pour lui plaire à elle. Encore un qu'elle avait su capturer dans ses filets, l'araignée venimeuse. Il se rasséréna, il n'était pas le seul à s'être laissé manipuler.

Il se demanda si la fascination que Miranda avait exercée sur lui... oh, non, il n'était pas intéressé au départ, d'ailleurs il la rémunérait au tarif légal. Enfin, un peu moins, il lui comptait moins d'heures que ce qu'elle faisait. Elle avait accepté ces conditions. Mais c'était elle qui lui avait apporté les chèques... Ah, oui, après la scène qu'il lui avait faite, elle était allée se réfugier dans les bras de Minklesham... Et elle était revenue... non, c'était avant... Il ne se souvenait plus exactement. Mais elle avait essayé de le retenir par tous les moyens. Bon sang, elle l'aurait fait passer pour une sorte de souteneur !

Mais je l'ai aimée... Était-elle mauvaise, vénale, ou cherchait-elle seulement à se faire aimer par tous les moyens ? Avait-elle un tel besoin d'amour qu'elle s'était tuée après qu'il l'eût chassée ?

Fay, reviens, prouve-moi que je ne suis pas un assassin...

X.

Le confident de Miranda se laissa tomber dans un fauteuil victorien recouvert d'un tissu d'Orient qui avait connu des jours meilleurs. Il faisait presque trop chaud dans la pièce, tout à la fois bibliothèque et fumoir. Le froid venu récemment, ainsi que l'humidité ambiante, l'avaient conduit à demander à son serviteur de faire du feu dans la cheminée. Les grosses bûches avaient tenu la journée entière. Il était sûrement le seul à faire du feu en ce moment. Un détail parmi d'autres pour se démarquer des gens d'ici.

Le confident s'était toujours senti hors normes même si sa position sociale, avec ce qu'elle impliquait de contraintes, le faisait apparaître comme un être ne différant de ses semblables que par une pointe d'excentricité que l'on jugeait souvent avec une condescendance teintée d'envie. Avec les hommes, cela s'arrêtait là. Avec les femmes, il ne dédaignait pas à aller plus loin, mais celles qu'il savait satisfaire sexuellement se rendaient très vite compte que tout chez lui n'était que technique approfondie. Il était un bon ouvrier besogneux. Aussi s'était-il lassé des aventures trop rapidement concrétisées pour rechercher des sentiments plus profonds, plus intellectualisés, spiritualisés, et où son originalité pouvait servir pour établir entre lui et l'autre un rapport de dominant à dominé.

Il alluma un de ces longs et étroits cigares qu'il faisait venir de Genève. Dans la rue, le bruit lointain d'un marteau-piqueur. À l'étage, le frôlement des pas de son épouse. Celle-là, il l'aimait tendrement, parce qu'elle avait su en partie le comprendre, à défaut de trouver le chemin de son caractère le plus intime. Elle avait vis-à-vis du confident la douceur prévenante et attentive d'une religieuse face aux tourments d'un grand malade. Cela lui suffisait. L'univers familial, bien qu'attristé par le départ de son fils unique pour les États-Unis, le reposait des voyages imaginaires ou des vadrouilles réelles qu'il effectuait sans relâche. Physiquement et intellectuellement, il bougeait sans cesse, il était déjà en route, sautant d'un vain quai de gare à un autre, s'accoudant à la portière de trains ne menant nulle part ou alors ne faisant que des haltes si brèves dans des lieux mornes et équivoques qu'il ne pouvait véritablement se satisfaire de ces arrêts magiques que lui-même, par une extrême et vicieuse perfidie, interrompait en se forçant à repartir vers d'autres aventures, d'autres apparitions. Il était toujours en route, il ne cessait de bouger.

Seule Miranda avait su le contraindre à « poser ses valises ». Lorsqu'elle s'ouvrait à lui, libérant son esprit d'adolescente en continuel déséquilibre, le confident sentait s'irradier en lui une sève apaisante, qui n'excluait pas toutefois un désir de violence, qu'il communiquait doucement à son interlocutrice privilégiée que cette thérapie toute personnelle rendait calme et docile. Il n'avait jamais envisagé d'avoir avec elle d'autres rapports qu'amicaux, même de maître à élève, mais il la sentait comme charnellement apaisée. Et lui se sentait comblé. Seule la possession de son esprit intéressait le confident de Miranda. Il se disait qu'il s'agissait d'une forme particulière d'amour peut-être plus exclusive que toutes les autres. Une forme unique, en tout cas, un pouvoir que lui seul possédait.

Lorsque, après son accident, il l'avait achevée pour mettre fin à ses tourments et, par-delà la mort, se venger de celui qui avait conduit Miranda à cette extrémité, il avait ressenti un immense soulagement, comme s'il venait de vider une vessie bien pleine. Puis les choses ne s'étaient pas déroulées selon ses vœux. Il se savait en ligne de mire. Rockwell n'était pas Peter Hyatt, hélas...

Le superintendent *devait* savoir qu'Alan Page avait tué la jeune fille plus sûrement même que s'il l'avait étranglée de ses propres mains. Mais ce n'était pas Page qui s'était approché de la voiture aux tôles tordues, qui avait, muni de gants, plongé ce couteau qui ne le quittait jamais dans le ventre où palpitaient encore les viscères chauds et sanguinolents. Son estomac ne s'était même pas serré lorsque le sang avait jailli sans l'éclabousser tant sa frappe avait été chirurgicale. En cet instant, son cœur s'était définitivement fermé à toute émotion humaine. Il était rentré chez lui aussi calme que s'il avait été acheter le *Financial Times,* conscient d'avoir agi selon son code d'honneur et presque rempli de béatitude.

Page va payer pour ce qu'il lui a fait, se disait-il entre haut et bas. Et pas seulement lui, Minklesham, cet imbécile plein de fric, pourquoi pas, hein ? Il l'a fait souffrir, lui aussi. Et d'autres encore, tout n'est pas fini, ils vont joliment sauter dans la marmite du Diable, hein ? Vous ne trouvez pas ça drôle ? Moi, si.

Le train dans lequel il venait de sauter, sans véritable espoir de pouvoir un jour toucher l'asphalte d'un quai, n'était pas un train ordinaire. C'était un convoi de fuyards, qui allait rouler sans trêve, peut-être sans destination précise, peut-être même sans freins. Il entraînerait *les autres,* ceux qui n'avaient pas compris, ceux qui n'étaient pas rentrés dans son jeu. Ainsi l'avait-il voulu. Il le devait à Miranda.

Il alla se servir un doigt de cognac, se rassit. Un silence extraordinaire régnait dans la maison, il pouvait être entièrement à ses pensées, y mélanger quelques images de rêve d'une âme rongée depuis qu'elle avait investi le domaine du crime. Autant le meurtre de Miranda avait été un achèvement logique, une vie qui prenait fin, volontairement ou non, de s'être prématurément usée, stoppée parce que devenue trop faible ou trop vide de toute joie à venir, autant le mort de Laura lui laissait un goût amer dans la bouche. Car ce deuil horrible, il ne l'avait pas voulu, il avait simplement désiré effacer de la surface de la Terre l'infamie commise par Gerson et que celui-ci, un soir d'ivresse, avait eu le malheur de lui montrer. Le peintre, pour avoir souillé Miranda méritait cent fois la mort, mais pas sa sœur. L'idée de laisser traîner un Opinel dans l'atelier était née ce soir-là ; le désir d'anéantissement de Dagog Corner ne lui était venu que plus tard.

Le confident soupira. S'il avait su que Laura… Mais on ne refait pas le monde ! Et qu'était une Laura Gerson en regard de Miranda ? À l'instant même où il faisait cette constatation sans pitié, il fut surpris de la résonnance qu'elle prenant en lui : peut-être le dernier vestige de douces souvenances, la ruine ultime d'une forteresse vainement dressée sur un roc de sentiments que minait la course échevelée d'un cours d'eau capricieux. Il avait compris qu'il venait de la perdre plus sûrement que quand il avait plongé le couteau dans son ventre à la peau d'albâtre. Et, en fin de compte, cela valait peut-être mieux. L'écho s'éloigna à la manière d'une reptation craintive, mais encore menaçante.

Bien sûr, se dit-il, il y avait un serpent venimeux dans mon cerveau. Miranda. Et les serpents, il fallait les écraser, les éviscérer, afin qu'ils ne répandent plus leur poison sur ceux que la vie suffisait à faire souffrir. Comme cette gouvernante, quand il était enfant, qui était tombée du haut de l'escalier... elle le frappait, l'enfermait dans le noir... elle méritait la mort, le fil tendu en haut des marches avait suffi. Elle s'était seulement cassé une jambe, elle était partie. Il l'avait revue, des années plus tard, elle ne se souvenait plus des tourments qu'elle lui avait fait endurer, ce devait être pour elle la manière normale d'éduquer les enfants. Ils avaient pris un verre, elle lui avait demandé des nouvelles de ses parents, et il avait glissé un puissant somnifère dans son café. Elle s'était sentie fatiguée, il avait proposé de la raccompagner, ils étaient descendus dans le métro... Il y avait beaucoup de monde, il s'était un instant écarté d'elle, puis avait poussé, juste un peu, au moment où le métro arrivait... il y avait une telle bousculade ! On n'avait récupéré qu'un corps en bouillie. Il en avait été très content, soulagé, une page était tournée. Il n'avait pas même en rêve pu espérer que cela marcherait si bien. Dès lors, il avait senti en lui une extraordinaire puissance, il était un justicier qui rectifiait les erreurs que la destinée fait en mettant sur le chemin des uns et des autres des personnes ou des situations qui ne leur correspondaient pas.

Évidemment, il y avait aussi ce camarade de collège, grand, fort et prétentieux, en plus fils d'un ami du directeur. Lui, il l'avait fait accuser de vol, en glissant la montre d'un professeur dans sa sacoche. Quelques heures de colle, cela n'était pas suffisant. Une explosion au cours de chimie, un autre élève avait été blessé, c'était raté. Mais il était très jeune à cette époque, il ne savait pas encore bien calculer, étudier, analyser les situations, choisir le bon moment. Et il n'avait pas assez de moyens à sa disposition.

Il s'aperçut qu'il venait de fermer les yeux. Une absence. Combien de temps avait-elle pu durer ? Quelques secondes, ou bien plus ? Il consulta sa montre : elle lui indiqua qu'il avait dû s'évader une dizaine de minutes. Inquiétant. Il se leva, alla à une table-bureau ceinte de tiroirs marquetés, en ouvrit un à l'aide d'une petite clé qu'il avait toujours sur lui. De gracieuses boites à pilules, finement ciselées, reposaient sur un tapis de moire. Il hésita avant de saisir l'une d'entre elles. Les comprimés jaunes, pour calmer la tension nerveuse, ou les blancs pour rendre la clarté à son cerveau. Il opta pour les jaunes, qui avaient un nom très long, très compliqué, qui lui plaisait. Il prit également un comprimé blanc, tant qu'à faire… Lorsque la drogue commencerait à courir dans ses veines, il la fouetterait avec une large rasade d'alcool, peut-être aussi, oui, ajoutons une petite gélule rouge. L'effet conjugué des trois produits allait l'immerger soit dans un ravissement extatique, ou alors dans une euphorie contrôlée : car, même sous l'influence des médicaments, il ne perdait jamais réellement la maîtrise de ses pensées comme de son corps. Bien que parfois « chargé » à bloc, il parvenait à faire illusion. C'était pour lui un motif de fierté, personne ne savait, il pouvait garder secret cette habitude, ce besoin. Ce n'était pas le cas de tout le monde !

Il pensa à cette femme, ce débris humain, qu'il avait ramassé vers le cromlech, dissimulé par l'ombre d'un menhir — lui, ce jour-là, que faisait-il en ces lieux ? – et amenée dans un endroit discret, une petite cabane dans un bout de terrain qui appartenait à sa famille depuis toujours, le long duquel coulait un ruisseau où les enfants avaient l'habitude de pêcher. Il s'y rendait parfois, pour y être seul ou en compagnie douteuse.

La femme gémissait, ayant des contractions depuis un moment déjà. Il avait eu du mal à se rendre compte qu'elle était sur le point d'accoucher, tant son corps semblait informe, ses gestes désordonnés. Il l'avait délivrée, retrouvant ses gestes coutumiers, mais l'enfant... il n'allait pas laisser vivre l'enfant d'une créature pareille, une droguée, visiblement malade, peut-être séropositive... il n'allait pas laisser s'étendre une race aussi dégénérée. Il avait déposé l'enfant dans un sac en plastique, sans attendre qu'il respire. S'il mourait tout seul, s'il n'était pas viable, tant mieux !

La femme n'avait rien dit, rien demandé à ce sujet, même pas le sexe de l'enfant. Comme si elle ne s'était pas rendu compte de ce qui se passait. Une fois l'accouchement terminé, elle avait seulement gémi « T'en as pas ? Tu ne peux pas m'en donner ? Une dose ! » Il avait alors compris qu'il devait se débarrasser des deux. Et le plus vite possible.

Il avait mis le sac contenant le bébé dans son coffre, et déposé la femme dans une baraque en ruine, avec quelques canettes de bière et quelques comprimés. Il s'était alors occupé du bébé, de ce débris, ce rejeton de droguée alcoolique. Le lendemain, il était retourné à la maison en ruine. La femme était toujours là. Il lui avait donné ce qu'il lui fallait. Avec assez d'alcool. Le lendemain aussi. Et finalement, en regardant les informations régionales, il avait entendu la nouvelle, on l'avait trouvée morte d'une overdose.

Le confident se tint de longs instants auprès de la table de merisier. Il venait de refermer soigneusement le tiroir et avait rempoché son trousseau de clés. Il commençait à se sentir mieux ; l'inquiétude disparaissait de ses traits sans que pour autant son esprit fût en repos. Il y subsistait l'ombre d'une crainte présente ou à venir.

Il regarda l'heure. Il aurait dû sortir pour aller à son club où le vieux Weston devait l'attendre pour engager leur partie d'échecs, ces joutes qui pouvaient s'étendre sur plusieurs jours, voire semaines, car tous deux étaient de première force. Il aurait dû, en ce moment, ôter son pardessus dans l'entrée au lambris patiné par les ans, le tendre à un serviteur que l'on eût dit aussi ancien et respectable que le cercle, prendre la direction du fumoir où trônaient comme seule décoration, les sévères portraits de tous ceux qui s'étaient succédé à la présidence du club depuis sa fondation. Puis il aurait avisé le fauteuil de cuir à oreilles où, tassé sur lui-même, les doigts parcourus de légers tremblements, mais l'œil malicieux, le guettait Reginald Weston. Comme toujours, ils se seraient salués d'un regard et le vieil homme au mutisme maladif et reposant aurait désigné l'échiquier ; un barman se serait approché et aurait déposé le verre de porto sur la table sans qu'il n'ait rien eu à demander, puis il se serait assis sous le portrait de Sir Adrian Allbroken, le fondateur du cercle. Auparavant, dans sa voiture, il aurait pris une capsule noire qui décuplait ses facultés intellectuelles. Telle aurait dû être sa soirée.

Il ferma les yeux. Que faisait-il donc, près de cette table, plutôt que de vaquer à ses occupations habituelles ? Serait-il devenu statue ? Non, car il ordonna à ses jambes de le mouvoir vers une fenêtre d'angle qui ouvrait sur la petite rue encore pavée que bien peu de gens empruntaient.

En s'approchant des carreaux, il vit cependant une voiture s'y engager, se garer à l'intersection de la rue et d'une venelle, là où elle pouvait le faire sans trop gêner l'improbable circulation. Et il eut un violent haut-le-cœur en reconnaissant une Bristol. Bleue, du même bleu que la sienne. Mais bien nettoyée, brillante même.

FINALE : Cadenza con espressione

I.

À l'intersection des deux routes, au moment de se diriger sur l'A361 vers Trowbridge, centre administratif du Wiltshire, Seamus Casey-Wynford se sentit l'envie de continuer vers le sud jusqu'à la mer, de renoncer à ce qu'il allait peut-être devoir faire ou, au minimum, couvrir de son autorité morale. Sans même s'en rendre compte, il leva le pied, se traînant lamentablement sur la route jusqu'à ce qu'un appel de phare impérieux lui fasse prendre conscience de sa lenteur. Il éprouva un petit pincement au cœur en regardant dans son rétroviseur : la calandre familière qui suivait son véhicule était maintenant trop proche des pare-chocs de la Bristol bleue. Il accéléra brutalement, sans parvenir à vraiment décrocher son suiveur. Il lui vint à l'esprit que celui-ci s'amusait. C'était bien le moment ! Tandis qu'il roulait, des bribes de la conversation qu'il venait d'avoir à Laurel's Cottage lui revenaient par saccades : « *Ainsi, vous désirez lui laisser une chance ?* » « *Pas une chance : une porte de sortie honorable...* » « *L'honneur ! Pour un tel être !* » « *... Il le faut... Cela doit être fait selon les règles, Seamus...* »

Toutes ces réminiscences ne cessèrent qu'à l'entrée de Trowbridge que dominait le haut clocher de l'église Saint-

James dont un des recteurs avait été George Crabbe[10], un poète dont il aimait beaucoup les vers. Après avoir longé la pièce montée grisâtre, étirée, du Town Hall, il obliqua vers la vieille ville où subsistaient encore quelques belles maisons Renaissance, derniers témoins du temps où la cité s'enrichissait de la fabrique de vêtements de laine fameux dans tout le Royaume-Uni — ou du moins dans tout Londres, Oxford et Cambridge. À présent, le tissu urbain s'étalait nonchalamment, imbibé de la campagne venant mourir à l'orée de la ville qui ressemblait à une province de pierres et de briques. Seul le vieux quartier conservait du charme.

Son suiveur avait rangé sa voiture près du collège, sans doute désireux de marcher pour s'éclaircir les idées bien qu'il bruinât. Tout cela sentait l'automne, la tristesse. Mais peut-être ne souhaitait-il pas donner l'éveil à celui qu'il allait rencontrer…

Quint-William se secoua les épaules. Il savait qu'il allait devoir accomplir un sale boulot, mais ne devait pas se laisser impressionner par l'austérité, voire la difficulté, de celui-ci. En agissant comme il le faisait, en se mettant hors normes, en brisant volontairement et les règles de la justice et l'inamovible procédure policière ainsi que sa hiérarchie, en accomplissant ce qu'il croyait être son destin, il réalisait l'ampleur de la tâche sans pour autant qu'elle pesât à ses épaules ; d'une certaine manière, il se sentait libéré de n'avoir pas à officiellement passer les menottes aux poignets de l'assassin de Miranda.

---

[10] George Crabbe (1754-1832), poète, entomologiste et homme d'église britannique, auteur de recueils de poèmes et d'ouvrages d'histoire naturelle.

II.

À l'angle de la venelle et de la rue, il ne vit que deux choses : la voiture de son vieil ami, prêt à intervenir, et la maison bourgeoise dont les bow-windows parurent un instant le défier. Et un rideau rabattu le confirma dans cette sensation. Il ferma les yeux quelques secondes. Le temps de voir flotter le visage de Miranda, d'entendre le rire de Laura... Puis il sonna à la porte. Un chien aboya dans le lointain. Et des pigeons prirent leur envol au-dessus de lui. Le battant s'ouvrit. Un domestique âgé s'effaça pour le laisser entrer, et le guida jusqu'à la bibliothèque.

L'hôte du superintendent lui offrait un visage fermé et rigide, un regard perdu dans le vide comme si les pupilles n'étaient plus sensibles à la lumière.

Rockwell refusa la boisson qu'on lui proposait. « Il est un peu trop tôt ».

— C'est un peu comme si je vous attendais, ne trouvez-vous pas, superintendent ? Toutefois, je croyais plus en la visite de Casey-Wynford qu'en la vôtre. Mais je sais masquer ma surprise, n'est-ce pas ?

Le cerveau de Rockwell se mit à tourner à la vitesse d'un ordinateur. Se pourrait-il qu'il se soit fourvoyé ? L'aisance de son hôte le déconcertait. Mais non, l'expérience acquise au cours de ses années de métier dans la police le confortait. Tout ce qu'il avait accumulé de charges, de renseignements depuis que lui et l'ancien magistrat avaient quitté ce pub de Swindon, plaidait en la faveur de sa démonstration. Il ne répondit pas à son interlocuteur, peut-être pour laisser monter l'impatience et l'irritation en celui-ci.

— Oui, continua-t-il, comme s'il suivait le fil de ses pensées, il est curieux que ce ne soit pas Casey-Wynford qui soit à votre place. Car je présume que c'est lui qui a dû vous aider à pointer du doigt dans ma direction...

Le policier ignora cette flèche du Parthe.

— Je n'ai pas de mandat, si c'est ce que vous voulez dire.

De nouveau, il attendit. Étrangement, le calme de cet endroit, l'odeur du feu mêlé à celle de l'encaustique le ramenèrent des années en arrière, dans la vieille auberge d'une petite ville où il avait passé sa première nuit avec Evelyn. Puis revinrent les images désespérées de sa dernière soirée avec elle au restaurant du Hilton. Il l'avait ensuite quittée pour rejoindre ses collègues, dans le froid d'une voiture qui faisait le guet. Puis il y avait eu une poursuite dans la banlieue de Londres, dans des rues verglacées. Puis le souvenir de la fulgurance de la douleur irradiant son corps atteint, le réflexe qu'il avait eu de tirer et de tuer celui qui le blessait. Celui qui avait brisé ainsi la chaleur de l'amour, tout cela se superposa, la douceur et la douleur, la chaleur et le froid glacial. Par habitude, il érigea un mur intérieur et regarda l'homme qui lui faisait face.

— Que voulez-vous vraiment ? Mes aveux ? Votre présence indique assez que vous savez. Alors ? De neutre, indifférent, le ton était devenu acerbe.

— Alors ? Savoir pourquoi, sans doute. Même si tout le mécanisme que vous avez mis en place fut difficile à démonter...

Son hôte se servit un verre de cognac. Le superintendent enchaina :

— Résumons-nous. Par ordre chronologique. Le jour où Miranda Osquith fut tuée, elle travailla normalement le matin chez Lawkin, y déjeuna, puis revint chez elle. Depuis quelque temps, elle est la proie d'angoisses, de doutes. Elle n'a plus confiance en l'amour de Page, mais elle refuse obstinément d'avoir à affronter la réalité. Vous savez, ce tout ou rien que l'on exige de la vie et qu'elle n'accorde jamais. Alors, elle décide d'aller vous voir, car elle n'a personne d'autre à qui se confier réellement. Son état vous alarme, vous cherchez sans doute à l'apaiser, à l'aider à mettre de l'ordre dans ses idées. En vain. Quand elle repart de chez vous, elle est décidée à aller voir Page pour connaître ses intentions.

— Elle croyait pouvoir faire confiance à ce con...

Rockwell ignora l'interruption et continua :

— En tout cas, vous êtes inquiet. À votre tour, via Devizes — on vous y a vu, on connaît votre voiture —, vous vous rendez aux Granges, vous vous arrêtez un peu avant le tournant. Vous voyez la voiture de Miranda garée devant les bâtiments, vous restez dissimulé jusqu'au moment où vous voyez Page l'expulser, sans doute assez violemment. Vous la voyez à demi-folle, incendiée de douleur, démarrer à toute vitesse. Vous n'avez que le temps de vous précipiter à sa suite, car vous la savez capable de tout.

Nouveau verre de cognac. Une pause. Les deux hommes se regardaient, l'un écoutant l'autre patiemment, comme s'il n'était pas concerné par l'histoire.

— Dans l'état où elle se trouve, elle ne vous remarque pas, ou ne le veut pas et fonce vers la carrière du moulin. Elle connaît les lieux et sait qu'une chute dans cet endroit lui sera fatale. Vous assistez, impuissant, à son suicide, vous descendez le sentier — avec un 4x4 comme le vôtre, c'est chose faisable —, vous constatez que Miranda vit encore et vous l'achevez avec un de ces couteaux dont certainement vous possédez plusieurs, qui viennent de Suisse. Ainsi faites-vous croire à un meurtre. Je dois dire, Docteur Flynn, que, s'il est fréquent de maquiller un crime en suicide, le contraire est plus rare. À part pour toucher une assurance vie, on ne maquille pas souvent un suicide en crime.

Le médecin croisa les jambes et eut un bref regard vers son bureau.

— Tout cela est très intéressant, observa-t-il.

— Hum... La suite l'est également. Du moins, je le crois. Poursuivons, et venons-en à la mort de Laura. Tout comme vous, Gerson avait senti le double visage de votre protégée, et l'avait traduit à sa manière. Cela, vous n'avez pu le supporter. Vous seul aviez le droit de connaître Miranda à fond, n'est-ce pas ? De plus, cet incendie, même sans la fin tragique de Laura, devait semer le trouble chez les enquêteurs, ce qui vous arrangeait. Même si, à vos propres yeux, vous n'avez fait qu'œuvre salutaire.

Le téléphone fixe sonna. Flynn allait se lever pour répondre, mais un geste du policier qui se leva le premier en découvrant un holster sous sa veste l'en dissuada.

— Laissez votre épouse répondre à l'étage. Je sais qui veut lui parler. Et ne vous étonnez pas si vous l'entendez sortir. Elle va rejoindre Casey-Wynford.

Une lueur de révolte passa dans les yeux du praticien.

— Mais de quoi vous mêlez-vous, nom de Dieu ! grogna-t-il.

— Mais rien que de choses qui vous concernent...

Flynn ébaucha un brusque mouvement qui fit grincer son fauteuil. Il aurait donné n'importe quoi pour un comprimé de ses calmants. Même si cela n'aurait apaisé que pour un temps la pression qu'il sentait gonfler en lui. Et, impitoyable, il y avait ce foutu flic qui continuait :

— Pour quelle raison teniez-vous tant à rencontrer Carolyn Mac Stroud ? Pour en finir avec elle ? Elle a pris peur en voyant la Bristol de Seamus, de loin, elle est du même bleu que la vôtre. Je n'ai pas à vous expliquer les raisons de sa peur, mais c'était bien vous qu'elle attendait cette après-midi-là. Et qui d'autre que l'assassin de la jeune Osquith aurait pu avoir le vice de lui fixer rendez-vous en surplomb du moulin ?

Les traits du médecin s'étaient concentrés en une expression soucieuse qui s'imprimait sur son visage blême ; la sueur coulait sur ses tempes, comme s'il s'efforçait de durcir ses pensées, de les transformer en images pétrifiées comme les menhirs d'Avebury. Mais le regard demeurait impénétrable.

— Oui, reprit le superintendent, pourquoi teniez-vous donc à la tuer elle aussi ? Il n'y aurait rien eu de passionnel dans ce meurtre, rien qui s'intégrât dans le schéma de haine ou d'amour que nous nous accordions à bâtir autour de l'assassinat de Miranda et de l'incendie de Dagog Corner. Tout comme pour le bébé, et sa mère...

— Sa mère ! *Ça !* murmura Flynn.

— Oui, sa mère, que cela vous plaise ou non. Mais il y avait donc autre chose. Quelque chose d'infiniment plus sordide ou de bien plus complexe. C'est un mélange de ces deux hypothèses que retint Monsieur Casey-Wynford. Bien avant moi, je le confesse.

Le docteur Flynn grogna, regarda encore du côté du bureau.

— Dès le début, Seamus avait pressenti que l'assassin devait avoir deux personnalités, aussi dangereuses l'une que l'autre. D'ailleurs, lorsqu'il me convainquit, nous nous mîmes à examiner qui pouvait correspondre à ces critères. Aurore ou Benedict Minklesham ? Peter Hyatt ? Mrs Mac Stroud ? Fay ou Alan Page ? Victoria Osquith ? Ralph Gerson ? Ce dernier pouvait éventuellement entrer dans cette catégorie d'individus désaxés. Mais jamais un artiste aussi imbu de son génie n'aurait attenté à son œuvre ; son aliénation depuis la destruction de celle-ci en témoigne. C'est alors que nous prîmes conscience que cet être double, diabolique, ce Janus, devait avoir un côté calculateur, scientifique, et, de l'autre, être capable d'éprouver des passions sans limites, qu'elles soient physiques ou intellectuelles. Autrement dit, le Janus numéro un devait avoir programmé les trois meurtres et la tentative contre Mrs Mac Stroud, et le Janus numéro 2 se les représenter comme étant naturellement issus de la propre intensité de ses émotions. »

Flynn le regardait comme s'il venait à sa rencontre, comme si le fauteuil venait vers lui sur le parquet, se diluait ou grandissait jusqu'à remplir toute la pièce. Il lui semblait que ses vêtements se rétrécissaient autour de son corps à l'étouffer et il dut combattre la panique qui le submergeait. Son col de chemise se rétrécissait comme un nœud coulant entre ses carotides ; son pantalon n'était qu'une série de garrots qui entravaient toute circulation du sang. N'y tenant plus, il se rua vers le bureau, et il lui sembla mettre un temps infini pour chercher la clé dans sa poche, ouvrir le tiroir et y prendre une boite de comprimés.

Le superintendent le laissa faire. Avec un léger sourire au coin des lèvres, il attendit même que le médecin redevienne le Flynn qu'il connaissait habituellement, qu'il fréquentait comme un ami. Mais comment, se demanda Rockwell, a-t-il pu abuser son monde aussi longtemps ?

— Alors, docteur, celui qui a manigancé de main de maître toute cette affaire, est-ce le drogué ou l'homme normal ?

Pas de réponse, juste un signe qui encouragea Rockwell à poursuivre son raisonnement.

— Donc, si nous envisagions cette affaire comme ayant été scientifiquement mûrie, elle prenait une tout autre dimension et peut, à mon avis, se décortiquer ainsi : en premier lieu, la femme et le nouveau-né, dont la mort fut maquillée en crime rituel. Je pense que là, seul le hasard a joué, vous êtes tombé sur cette vagabonde en train d'accoucher et que, vous rendant compte qu'il s'agissait d'une droguée, alcoolique, et également séropositive — oui, l'autopsie nous l'a révélé — un mécanisme étudié, déjà enclenché, s'est mis en branle de manière inexorable. Vous alliez vous servir de cet enfant pour commencer à semer le trouble dans les esprits. Même si Janus numéro deux était réellement choqué par cette barbarie. Le fait que quelqu'un ait fait accoucher proprement cette femme nous a intrigués, et nous avons d'abord déduit qu'il s'était agi ou d'un médecin, ou d'une personne charitable connaissant les gestes à faire lors d'un accouchement, et qui aurait laissé la femme partir ensuite. Mais pourquoi personne ne l'a-t-il su, police, hôpital, pompiers … Nous avons longtemps pensé qu'il ne pouvait s'agir de la même personne qui lui avait fourni la drogue qui l'a tuée. En fait, vous avez accouché cette femme par automatisme, et ensuite Janus numéro un a pris les choses en main.

225

Le docteur sembla retrouver une attitude normale grâce aux drogues avalées, et secoua la main en un geste d'indifférence. Ce cas ne l'avait pas intéressé.

— Ensuite vient le meurtre de Miranda, axe central autour duquel votre imagination a tout organisé. C'était, en effet, elle qui devait disparaître. Non pas la Miranda qui ne vous cachait rien comme à un confesseur, mais celle qui abusait de vous en vous ayant volé à au moins deux reprises. Le grand docteur Flynn, l'homme à femmes, l'expert en médecine légale auprès des tribunaux, floué, escroqué par une gamine ! Quelle honte pour votre orgueil, pour vos certitudes ! Là, pour une fois, les deux Janus se rejoignirent avant de se dissocier de nouveau...

— Je me demande comment vous avez découvert cela. Ayant décelé chez elle un certain talent pour le dessin, je l'avais au départ encouragée. Elle reproduisait très facilement une photo, une image trouvée dans une revue, bien qu'on ne lui ait jamais appris les rudiments de cet art, à part à l'école primaire. Je ne pensais pas qu'elle s'en servirait pour contrefaire par deux fois ma signature. Elle avait coutume de venir à l'improviste, la maison lui était ouverte, elle se trouvait souvent seule dans le salon ou le bureau, elle regardait souvent les livres de voyages, de photos, qu'elle remettait soigneusement en place. Ma femme pouvait être en haut, ou sortie en courses, le domestique dans la cuisine, enfin elle avait toute latitude pour fouiller. Je lui faisais confiance... Et vous savez à qui était destiné cet argent volé ? Il eût été pour elle, je l'aurais peut-être excusée... Mais non ! Il était pour ce salaud de Page ! Mon fric entretenait cette ordure qui passait son temps à la peloter ! Vous croyez que, moi, j'allais me laisser gruger au profit d'un imbécile par une sale femme ? Lui ai-je pardonné... je ne sais pas. Mais j'étais sûr qu'elle devrait *payer*. Le terme est approprié, non ?

Il y eut un temps mort. Puis le docteur reprit à voix plus basse :

— Vous ne pouvez pas comprendre, Rockwell, ce qu'est la fascination. C'était une allumeuse et un ange... une salope et une naïve... mystérieuse, calculatrice et déboussolée...

La fin de la phrase se perdit dans un souffle, comme une chandelle qui s'éteint. Le policier en profita pour reprendre la parole :

— Comment nous avons trouvé ? En examinant les comptes d'Alan Page, évidemment. Et en interrogeant sa sœur, qui nous a expliqué qu'enfant, elle était connue à l'école pour imiter les signatures des parents sur les punitions. Et chez elle, il y avait au mur des dessins de sa main, représentant sa sœur, des chevaux... Nous avons trouvé aussi chez elle un chéquier presque terminé, appartenant à Mrs Mac Stroud, mais elle ne s'en était pas servie. Vous n'êtes pas le seul, il y a eu aussi Monsieur Minklesham. Là, ce fut plus subtil : elle a refait les factures de Page pour la pension de ses chevaux, en augmentant les sommes. Elle disait à Page qu'il avait oublié une facture de maréchal-ferrant, de vétérinaire. Sur un ordinateur, il est facile de modifier un fichier, surtout qu'Alan Page ne savait pas bien s'en servir et lui laissait souvent le soin de lire ses mails, d'y répondre et de rédiger ses factures.

— Le Minklesham, il a sans doute trop de fric pour s'apercevoir qu'on le vole ! Un autre imbécile...

— Le jour de son assassinat, comme je vous le disais tout à l'heure, elle était en perdition. Devant ce naufrage d'une âme, le Janus numéro deux se prend réellement de compassion, l'aide, la console de son mieux, mais le Janus numéro un voit là l'occasion de sa revanche. Au lieu de lui administrer un de ces calmants dont vous faites si généreusement usage, vous lui donnez un stimulant, un tonicardiaque, que sais-je ? Un produit qui augmente l'angoisse et le stress. Je ne vous récite pas le rapport d'autopsie, vous pouvez le reconstituer vous-même. Car, la connaissant comme vous la connaissez, vous n'ignorez pas que si Page la chassait, elle serait tentée de mettre fin à ses jours. Avec ces produits dans le sang, vous l'obligez à se suicider. Si ce jour-là n'était pas le bon, ce serait pour une autre fois... Mais vous vous doutez que le moment est arrivé. Pour le reste, tout s'est déroulé comme je vous l'ai précédemment décrit. En revanche, je me suis demandé lequel des Janus avait éventré Miranda. Le numéro un, afin de « parfaire son œuvre » ? Le numéro deux, fou de douleur et de haine envers Page et qui veut la peau de celui-ci ? Je pencherais plutôt pour la deuxième solution.

Le médecin regardait dans le vague, mais Rockwell sentait que pas un mot de son exposé ne lui échappait.

— Toujours dans cette optique, venons-en à l'incendie de Dagog Corner. Janus numéro un n'y voit que des avantages. Il n'ignore pas que Gerson, en raison de ses antécédents, est soupçonné. Attirer encore plus l'attention sur lui et par là même égarer la police lui semble chose attrayante, comme lorsque vous avez soufflé à l'oreille de Minklesham que Ralph Gerson avait sur lui un « Opinel », ce que vous n'avez pu savoir qu'en traînant dans le bureau de Hyatt. Passons. Janus numéro deux, lui, considère que le peintre a profané l'image de celle que, d'une certaine manière, il a déjà béatifiée par-delà la mort. À l'image des temps antiques, seule l'immolation par le feu lui paraît juste et digne. Même si Janus numéro deux est terrifié par la conséquence de cet acte : la mort atroce de Laura. Vous étiez dans les parages, à surveiller votre œuvre, et, pour expliquer votre présence immédiate, vous racontez qu'elle vous a appelé.

— Elle m'avait vraiment appelé... murmura le médecin. Mais je n'avais pu répondre. Elle a laissé un message sur mon portable, disant qu'elle s'inquiétait pour son frère...

— Terminons-en par la tentative contre Mrs Mac Stroud. Janus-le-passionné n'avait aucun motif de s'en prendre à elle. En revanche, Janus-le-calculateur a vite pris conscience du danger qu'elle pouvait représenter. Elle était à la tête d'un conglomérat d'entreprises diversifiées — d'une filature à une entreprise de micro-informatique —, Mrs Mac Stroud avait délégué ses pouvoirs, ne contrôlant elle-même que le centre nerveux du groupe, demeuré à Swindon : une banque d'affaires et d'investissement, chargée de contrôler et de coordonner les activités financières du groupe. En effet, la banque avait été son premier secteur d'activités, avant son mariage, et elle s'était toujours tenue au courant de son fonctionnement du vivant de son mari. Cette banque, à usage presque interne, dispose, comme vous le savez, d'un nombre de comptes particuliers assez réduit. Dont le vôtre. Ce qui fait qu'elle émet très peu de chèques. Cela, la petite Osquith l'ignorait. Vous, vous saviez que Mrs Mac Stroud contrôlait beaucoup de choses, et qu'ainsi elle connaît évidemment votre signature, d'autant plus que vous étiez amis. Si jamais un chèque émis par Miranda lui était passé sous les yeux, elle aurait pu s'apercevoir — la jeune fille, si elle dessinait bien, n'était tout de même pas un faussaire professionnel — que la signature sur vos chèques n'était pas tout à fait la vôtre. Elle se serait posé quelques questions, vous aurait interrogé, vous auriez été obligé de lui révéler la culpabilité de Miranda, donc les liens entre vous. Carolyn Mac Stroud, très intelligente, en plus très choquée par la mort de celle qu'elle considérait comme une amie, aurait pu en tirer des déductions... Janus numéro un ne laisse jamais rien au hasard, surtout quand des médications lui avivent l'esprit.

Le policier se leva, fixa le médecin dans les yeux.

— Les chèques en question sont entre les mains d'un expert et l'inspecteur Hyatt attend les résultats de ses examens. Hélas, Mrs Mac Stroud a vu arriver la voiture de Seamus Casey-Wynford, qui en plus est de la même couleur que la vôtre, et a cru qu'il était celui qui lui avait fixé rendez-vous. Et donc l'assassin de Miranda. Mais nous avons su que c'était vous qui l'aviez appelé : la bonne, qui avait pris la communication, a cru qu'il s'agissait de Peter Hyatt. Car vous avez à peu près la même voix, surtout au téléphone, je m'en suis rendu compte en vous appelant l'un après l'autre.

Le médecin soupira, fixa le tiroir du bureau resté ouvert.

— En fait, le premier chef d'accusation va être le meurtre de cette malheureuse femme et de son enfant. Car là, vous avez tué. Froidement. En plus, avec une mise en scène macabre dont le récit va réjouir les touristes friands de films d'horreur qui vont visiter les cromlechs. Deuxième accusation, le meurtre de Miranda. Car elle a été poignardée de son vivant. Pour Mrs Mac Stroud, je regrette que l'on ne puisse vous inculper. Mais les trois meurtres que je viens de citer suffisent.

Le médecin esquissa un geste pour se lever, fixant toujours le tiroir du bureau. Rockwell lui fit signe de se rasseoir.

— Un dernier mot. Hyatt et ses hommes seront là dans quelques heures. Vous n'allez pas fuir, ce serait ridicule, pour aller où ? Vous pouvez vous éviter beaucoup de choses, Flynn. Ne me demandez pas pourquoi j'agis ainsi. Peut-être parce que vous fûtes une relation que j'appréciais. Et aussi, je ne croyais pas avoir un jour à regretter que la pendaison soit abolie... »

Le superintendent lui désigna de la tête le tiroir du bureau. Il fixa un moment cet homme qu'il avait considéré comme un ami, dont il avait apprécié les qualités professionnelles. Puis il sortit et se dirigea vers la voiture garée plus loin où attendait Seamus Casey-Wynford.

III.

Ce ne fut qu'en se glissant dans la Bristol, en respirant les effluves du bois précieux et de cuir de qualité, qu'il eut l'impression d'avoir, d'une certaine façon, rejoint la civilisation, tel un homme retrouvant un village après une interminable et pénible progression dans une jungle hostile.

Le magistrat le regarda longuement.

— Mon ami, croyez-vous qu'il agira selon vos vœux ?

— Je le lui souhaite... Mais, sa femme ?

— En sécurité chez sa sœur. Hyatt m'a téléphoné, je lui ai dit d'attendre qu'elle soit partie pour venir avec ses hommes. Elle n'a pas besoin d'être mêlée à tout cela. Elle était d'ailleurs peu surprise de nos conclusions, car, depuis quelque temps, elle avait remarqué le comportement de plus en plus anormal de son mari. Également, elle a suffisamment de connaissances médicales pour se rendre compte qu'il absorbait des drogues en quantités importantes et reconnaissait sur lui les symptômes de la dépendance qu'il ressentait. Dans le privé, il est évident qu'il devait parfois se relâcher. En croyant qu'elle ne voyait rien, sa femme n'était plus pour lui qu'un meuble, gentil, serviable, mais un meuble, ou un témoin muet. Elle m'a dit avoir eu le pressentiment de drames à venir, elle s'inquiétait depuis le meurtre de la petite Osquith. Mais les convenances, la crainte du scandale, n'est-ce pas... elle a conscience de s'être un peu caché la tête dans le sable. Je l'ai rassurée, elle ne pouvait avoir que des soupçons, pas des preuves. Oui, à ce propos, c'est elle qui vous a téléphoné le soir de votre arrivée à Watermead. Mais elle n'a pas osé parler.

— J'y avais pensé, elle avait mon numéro de téléphone personnel. J'ai également cru qu'il s'agissait de Laura Gerson, ou d'Aurore Minklesham, mais je ne la connaissais pas à ce moment. Cependant, son mari, lui, avait mon numéro, elle a pu entendre parler de moi et chercher de l'aide. Mais j'avais fini par me dire qu'il s'agissait une simple erreur.

Rockwell sortit pour reprendre son véhicule, tandis que la Bristol démarrait lentement. Plus loin résonnèrent les sirènes de voitures de police.

Casey-Wynford était arrivé à côté de la Jaguar. Il baissa sa vitre pour parler à on ami :

— Mon cher Quint, est-ce que la prochaine fois que vous enquêterez dans notre belle région, vous laisserez la justice suivre logiquement son cours ?

— Hum... j'espère ne pas avoir à travailler sur une nouvelle affaire de ce style. Nous nous retrouvons à Watermead ? »

Seamus Casey-Wynford acquiesça. Le crachin avait cessé. Il regarda la voiture de son ami s'éloigner dans la grisaille avant de redémarrer sa vénérable Bristol. Il chantonnait un air de la Renaissance où l'on parlait d'amour dédaigné :

And who did pay for all this geare,
That you didst spend when pleased thee ?
Even I that am rejected here,
And thou disdainst to love me.

Greensleeves was all my joy
Greensleeves was my delight,
Greensleeves was my heart of gold
And who but my Lady Greensleeves... [11]

---

[11] « *Et qui a payé pour toutes ces parures − Que vous avez fait payer quand vous avez voulu ? − Même moi qui suis rejeté − Et que vous n'avez pas voulu aimer... (Lady) Greensleeves fut toute ma joie − Greensleeves fut tout mon plaisir − Greensleeves fut mon cœur d'or − Qui d'autre que ma Dame Greensleeves...* » Chanson de la Renaissance, attribuée à Henry VIII (1491-1547).

TABLE DES MATIÈRES

- *Monsieur Barbotin, Maître en Musique — Ou les tribulations d'un génie méconnu.*

Sous le règle de Louis XV, naît un garçon nommé Barbotin, enfant gâté par ses parents et qui rêve de gloire : musique, théâtre, opéra, rien ne résiste à sa veine créatrice ... sauf les musiciens et le public ! Se prenant pour un génie méconnu, il parvient à la célébrité ... comme dindon de la farce ! Ses prétentions le font choisir comme cible de plaisanteries, et aussi de mises en scène, d'un groupe de pseudo-amis qui ne reculent devant rien pour se distraire aux dépens du malheureux musicien.
168 pages, BoD, décembre 2012.

- *Le Réveillon de Socrate.*

Dans un petit immeuble parisien vivent des professeurs, un écrivain, un homme d'affaires, un étudiant, une retraitée, un officier de police, des commerçants et la gardienne qui connait tout le monde et voit tout.
Mais, un beau jour, un crime est commis dans la maison. Et il y a Socrate, le chat de la narratrice, qui a tout entendu ... C'est évident, les chats savent toujours tout !
148 pages, BoD, avril 2013.

- *Le Prince et ses Bouffons.*

David est professeur de piano. Il a la vie de tout le monde, les soucis de tout un chacun, avec un petit plus : la musique. Un jour, il rencontre un Prince qui lui fait entrevoir une autre dimension de son art, de sa vie et même de lui-même. Il fait connaissance de toute une galerie de personnages qui vivent et pensent autrement, gardant soigneusement au-dehors les contingences sociales et les bouleversements politiques, ou alors les traitant avec humour. Au centre de ce cénacle, il y a le Prince russe, étalant sa foi, sa richesse, son amour pour l'art et distribuant son amitié comme ses chèques à qui montre qu'il a quelque chose en lui ...
Mais peut-on jouer du Liszt, a-t-on le droit de montrer sa foi en l'art entre deux courriers administratifs et au milieu de circonstances dramatiques ? Et l'amitié peut-elle rester intacte malgré tout ...
308 pages, BoD, octobre 2013

- *Je m'ennuie...*

S'ennuyer ... concerne tout le monde et toutes les époques ! Que l'on soit une artiste peintre, une comptable, un chevalier du Moyen-âge, la Comtesse du Barry, une vache, un soldat en 1940 ou la Tour Eiffel, nous sommes tous confrontés à ce vilain parasite que constitue l'ennui. Cette

série de nouvelles décrit des personnages qui ont tous en commun de s'ennuyer dans une vie monotone et grise et que cet ennui pousse à agir d'une façon ... logique ou non, selon les circonstances personnelles et historiques. Même les vaches et les pianos peuvent le dire !
142 pages, BoD, novembre 2015.

- *L'Ombre descendit sur le jardin.*

Sonia a quinze ans, l'âge où l'on se découvre, mais aussi où l'on se sent responsable et où l'on se culpabilise de ne pouvoir changer le monde. Au moment où des sentiments s'éveillent en elle, elle voit sa sœur aînée, qui a toujours été pour elle un soutien, un modèle, sombrer dans une déchéance dont elle ne comprend pas tout de suite la cause. Seule , Sonia est seule à pouvoir affronter la réalité, ne sachant à qui ou à quoi attribuer la responsabilité de ce malheur.
132 pages, BoD, juin 2016.

- *Les Eaux Profanées.*

L'histoire commence dans les temps reculés où régnaient les génies de la terre et des eaux. Le géant Eochaid a indiqué aux compagnons du roi Habis un emplacement pour bâtir leur ville. En échange, ils devront respecter la fontaine sacrée.
De nos jours, à Angers, un homme disparaît, on découvre une source souterraine ... Étienne en cherche la raison, mais s'agit-il d'une banale nappe d'eau, ou de la source sacrée qui lui vaudra la vengeance du géant réveillé du fond des âges ? A-t-il rêvé, ou les légendes continuent-elles à vivre parmi nous ?
108 pages, BoD, juillet 2016.

- *Musicien et professeur de musique au XVIIIe siècle :* La pédagogie musicale en France au 18e siècle et son application dans les ouvrages théoriques pour instrument à archet.

Comment apprenait-on la musique autrefois ? Avec des coups de règle sur les doigts ? Ou bien cherchait-on à développer l'oreille, le sens musical et la culture ? Y avait-il des ouvrages comparables à nos "Méthodes" actuelles ?
De plus, on ne joue pas Vivaldi ou Bach comme Chopin ou Brahms ! L'interprétation des musiques de l'époque baroque obéit à certains critères, le principal étant la liberté laissée à l'interprète d'orner la ligne mélodique à son goût.
Outre une description des ouvrages pédagogique de l'époque, l'ouvrage traite du statut des musiciens et de la façon dont on considérait le pédagogue. N'oublions pas que le 18e siècle est celui de l'Encyclopédie

de Diderot et D'Alembert et de l'Émile de Rousseau : la pédagogie, l'apprentissage, la diffusion du savoir deviennent des notions importantes. On ne parle pas encore de "publicité", mais elle est en germe durant le siècle des Lumières.
80 pages A4, BoD, novembre 2013.

- La Musique Classique : Petit Guide des Compositeurs.

Ce petit ouvrage s'adresse à tous ceux que rebutent un gros dictionnaire ou une histoire de la musique en plusieurs volumes. Il ne prétend pas à être exhaustif, n'y figurent que les compositeurs les plus connus de la musique dite « classique », à propos desquels il donne des renseignements succincts. Ceux-ci y sont classés par époque, respectant les grandes divisions stylistiques de l'histoire de la musique.
42 pages, Amazon Create Space, avril 2015.
Existe en langue anglaise.

- La Musique du Rite Syriaque: Histoire de l'Eglise Syriaque et de sa musique - Analyse Musicale.

Les Églises chrétiennes d'Orient sont les gardiennes d'une tradition remontant aux premiers temps du christianisme. Les événements actuels menacent de faire disparaître ces traditions liturgiques. Il est important de fixer ces types de musiques, afin qu'ils ne sombrent pas dans l'oubli : en effet elles se sont transmises jusqu'à une époque récente par tradition orale, et furent notées par des chercheurs à une époque récente. Cet ouvrage veut être une introduction rapide à la tradition musicale du rite syriaque, qui a perduré en Syrie, au Liban, en Irak notamment.
42 pages, Amazon Create Space, août 2015.
Tous les ouvrages existent en version livre papier et en ebook.

Retrouvez les ouvrages de Micheline Cumant sur
www.bod.fr et sur www.babelio.com